REGNE DEL DESERT
Mar dels Camins
ACADÈMIA DEL REGNE DEL DESERT
RIU DELS MIRATGES
ROCADOCRE

Princeses del Regne de la Fantasia

3

Textos de Tea Stilton
*A partir d'una idea original d'*Elisabetta Dami
Col·laboració editorial d'Elena Peduzzi
Disseny original de les Princeses del Regne de la Fantasia de Silvia Bigolin
Il·lustracions interiors de Silvia Bigolin
*Projecte fotogràfic d'*Els secrets de Samah de Sara Cimarosti
Mapes de Carla De Bernardi *i* Carlotta Casalino
Coberta de Jacopo Bruno
Interior de la sobrecoberta de Silvia Bigolin
Projecte gràfic d'interiors de Marta Lorini
Títol original: *Principessa del Deserto*

Estrella Polar, Peu de la Creu 4, 08001 Barcelona
www.estrellapolar.cat
info@estrellapolar.cat
www.geronimostilton.cat

Primera edició: novembre del 2011
Segona edició: març del 2013
ISBN: 978-84-9932-645-0
Dipòsit legal: B. 33.199-2011
Fotocomposició: Víctor Igual, s.l.
Impressió: Egedsa
Imprès a Espanya – Printed in Spain

Tea Stilton

La PRINCESA del DESERT

Estrella Polar

Personatges

Samah

És la princesa del Regne del Desert. Té un caràcter assenyat i responsable, cosa que s'adiu perfectament amb el seu paper de regnant i de primogènita de les Princeses del Regne de la Fantasia.

Armal

És el cosí de Samah. Té un esperit coratjós. Li agraden les aventures i els grans espais oberts. Els seus passatemps preferits són les exploracions al desert i escalar el morrot de roca sobre el qual s'erigeix Rocadocre.

Daishan

La germana d'Armal és la cosina petita de Samah. Té un temperament romàntic, però no li falta empenta. En algunes situacions demostra tenir un caràcter que déu n'hi do!

Dasín

Asseguda en l'únic seient que es conserva a Rocadocre, amb el seu teler, la teixidora Dasín fa unes catifes i uns tapissos molt especials, que expliquen les històries que porta el vent.

ROBÍ BLAU

És un personatge misteriós que arriba a Rocadocre per a la inauguració de l'anual Mercat de les Sorres. Té unes maneres afables i ambigües que desperten curiositat però també sospites...

AMIRA

A l'euga personal de la princesa li pertoca un lloc d'honor a les cavallerisses de la cort. Amira és un corser esplèndid amb el pelatge castany, i el seu extraordinari instint la converteix en una companya valuosa per a Samah en la immensitat del desert.

YUFTÉN

És un jove mercader, originari d'un poblet situat a la frontera amb la Plana Verda. Impulsiu i indomable, el seu cor restarà colpit per una noieta... de sang reial!

L'AVI

És l'avi matern de Samah i conseller del Rei Savi. El savi Amar és poeta i escriptor. També és un punt de referència amb el qual Samah pot comptar sempre, sobretot quan necessita consol i bons consells.

Si n'hem fet, de via, estimats amics!

Recordeu què us vaig dir a propòsit del laberint que rodeja Flordoblit? Que en la vida res no és el que sembla i que un senzill jardí pot amagar un passadís secret que porta a un indret llunyà.

I és justament aquí, al Regne del Desert, on han arribat Gunnar, el Príncep dels Gels, i Kalea, la Princesa dels Coralls. I nosaltres, que també tenim la intenció de seguir-los, oi? Tenim una missió molt important: ajudar els nostres amics a advertir la princesa Samah de l'amenaça que plana sobre ella i conjurar el perill que el malvat Príncep sense Nom s'apoderi d'una altra estrofa de la Cançó de la Son.

Però, abans de posar-nos en marxa, us vull fer una recomanació: obriu el vostre armari i agafeu un xal de cotó o de lli, del color que sigui. Sovint, violentes tempestes de sorra baten el desert i el xal us serà indispensable per acompanyar Samah, sobretot quan...

Ui, però què dic? No us vull explicar res abans d'hora!

Però, creieu-me: si decidiu seguir-me en aquesta nova aventura, no us en penedireu.

Tot de coses importants estan a punt de succeir a la

meravellosa ciutat de Rocadocre i, si no us voleu perdre una alba sobre les dunes, que és tan bonica que et deixa sense alè, us aconsello que us afanyeu.

El desert és un indret misteriós i encisador i, n'estic segura, vosaltres també quedareu embruixats per la seva fascinació. I la de Samah, que n'és la princesa.

Benvinguts al Regne del Desert!

No us descuideu de protegir-vos de la sorra i del vent!

Tea Stilton

PRIMERA PART

1
Benvinguts a Rocadocre

La petita ciutat de Rocadocre s'elevava sobre un morrot de roca groga i polida, com una gemma encastada en un ceptre. Als seus peus, fins on abastava la mirada, s'estenia el Desert dels Murmuris, un mar de sorra que a poc a poc es transformava en una extensió rocosa.

Una claror difusa il·luminava l'horitzó i s'eixamplava ràpidament sobre el desert fins a tenyir les cases de Rocadocre d'un delicat color rosa tènue. L'aire tallant del matí escampava una flaire de flors, i alguna veueta tímida ja començava a ressonar pels carrerons estrets que envoltaven els edificis com els corriols d'un laberint secret.

–Avui és el gran dia –va xiuxiuejar un home que es protegia el cap amb un turbant blau i verd.

–Sí, els mercaders estan a punt d'arribar –va respondre un altre, adreçant els seus ulls tan negres com l'eben vers l'imponent palau que dominava la ciutat. Va subjectar amb força el corn que portava a la mà i es va encaminar cap al precipici del morrot per anunciar el primer dia de mercat.

~*~

Al peu de la roca adormida, en aquell instant encara suspès entre la nit i el dia, una línia de polseguera tallava les suaus dunes. Samah, sobirana de Rocadocre i Princesa del Desert, travessava al galop l'últim tram de plana sorrosa que la separava de la seva ciutat. A l'entorn, uns reflexos grisos i rosats, missatgers del nou dia, il·luminaven els núvols de sorra que alçaven les peülles de la seva cavalcadura.

«No em queda gaire temps», es va dir Samah, esperonant amb delicadesa el seu corser. «Aviat arribaran els mercaders».

Ja feia més d'una hora que la princesa cavalcava.

Aquell matí s'havia llevat molt d'hora, quan el cel encara era fosc. La son l'havia abandonada prematurament i havia deixat pas a una espera neguitosa, barrejada amb la preocupació perquè tot estigués a punt i en ordre per al tradicional Mercat de les Sorres.

El mercat era un esdeveniment molt important que, una vegada a l'any, reunia a Rocadocre mercaders provinents de tots els racons del Regne del Desert.

La princesa havia fet els preparatius tenint cura dels més mínims detalls, però per defugir l'ànsia de les últimes hores havia sortit a galopar amb Amira, l'euga de pelatge castany que era una companya molt valuosa per a ella.

Es va inclinar cap endavant fins a tocar-li la crinera i li va xiuxiuejar:

–Més de pressa, Amira! Hem de ser a Rocadocre abans que surti el sol.

L'euga, que s'entenia d'una manera especial amb la princesa, va fer un renill i va apressar el trot. Samah va tenir la sensació de giravoltar en una dansa silenciosa, suspesa entre el vent i la sorra.

Al cap de poca estona, la silueta familiar de Rocadocre es va fer més propera. Alguns minuts després, Samah va embocar al galop la petita carretera que menava a les portes de la ciutat.

Quan va arribar al capdamunt, va estirar les regnes amb un gest decidit i va aturar la cursa enmig d'un núvol de polseguera.

Àgilment, va saltar a terra i, subjectant les brides d'Amira, que la seguia dòcilment, es va dirigir amb pas decidit cap al palau reial.

Kel-Radek, el cavallerís de la cort, l'esperava al pati central del palau reial.

La princesa el va anar a saludar alegrement.

–Bon dia, Kel-Radek! –va exclamar la noia–. Et confio Amira. Més tard passaré pels estables... però ara me n'he d'anar corrents! Ho he de deixar tot a punt per a aquest vespre!

Havent dit això, va desaparèixer més enllà del pati porticat, obrint-se pas entre uns cortinatges de cotó finíssim.

~*~

Per als habitants del Regne del Desert, el palau reial era un lloc fascinador; pocs havien tingut la sort de poder-lo visitar: la majoria només en coneixia el gran pati central que acollia les festes que sovint organitzava la princesa.

Però es contaven moltes històries sobre els refinats mosaics de la cort, les termes i els salons de recepció com la Sala de la Volta Celeste. També es deia que a les estances del palau reial s'hi amagaven secrets antics.

El palau de Rocadocre sorgia al límit de la petita ciutat, al costat orientat al nord-oest. Com tots els edificis de la ciutat, l'havien construït amb maons de fang dessecat i palla, però era més gran i majestuós, i tenia una façana amb requadres de colors llampants que emmarcaven les finestres com un escaquer. L'única entrada era una portalada massissa de fusta d'iroc; als batents hi havia cisellades dues espirals, símbol de l'aigua que abundava a la ciutat, i dos caps de rinoceront, emblema de força i potència.

La princesa va pujar a la seva estança i, empesa per la curiositat, es va abocar a la finestra. Al cap de poc arribarien els mercaders!

A Samah, el Mercat de les Sorres la feia posar contenta: era una ocasió festiva per conèixer de prop el seu poble i per estar entremig de la gent. Sabia que molts mercaders afrontaven un viatge llarg i esgotador per arribar fins a Rocadocre; molts venien dels racons més remots del regne i, tot i estar acostumats als capricis del

desert i a les fortes oscil·lacions de temperatura entre el dia i la nit, sovint arribaven a la seva destinació extenuats. Sobretot si havien topat amb una de les temibles tempestes de sorra del Desert dels Murmuris o, encara pitjor, amb els tristament famosos escorpins tigrats que s'amagaven sota les dunes.

El verí dels escorpins era mortal, si en un termini de tres dies no es curava la ferida amb l'antídot adequat. Però, afortunadament, els escorpins tigrats no eren dolents i només picaven si se sentien amenaçats.

El so del corn va reclamar l'atenció de Samah: acabava d'anunciar l'alba del primer dia del Mercat de les Sorres.

2
L'arribada dels mercaders

Es va aixecar vent. La princesa es va protegir amb la túnica de lli de color d'espígol i va deixar que la brisa matinal fes voleiar lliurement els seus cabells llarguíssims.

Escrutava el desert des de la finestra oberta, amb les cortines de seda que dansaven dolçament empeses per l'oratge. A Samah li encantava dormir bressolada per la fresca i les veus nocturnes, per això rarament tancava les finestres.

Va respirar fondo abaixant les parpelles. Li agradaven les olors que portava el vent: li parlaven d'indrets llunyans i misteriosos. Quan va tornar a obrir els ulls, el primer raig de sol ja feia la seva aparició sobre la línia de l'horitzó. La ciutat i el palau van prendre un lleuger to rosat que ràpidament va passar a l'ocre i al vermell encès. No hi havia cap pintor al regne capaç de reproduir la meravella d'aquells colors.

La llum va començar a animar els objectes de l'estança: es va entretenir en el llit daurat, en la tauleta de nit d'eben i en la catifa de Samah, un objecte que la princesa s'estimava molt. Animats pels reflexos de l'alba, els ocells multicolors que guarnien la trama semblava que estiguessin a punt d'emprendre el vol, en un

garbuix verd d'arbres i fulles. Després, els rajos del sol van il·luminar la taula pintada i els coixins que hi havia prop de la porta, que feien les funcions d'estudi i de sala d'estar. Al palau no hi havia cadires, tret de la que Dasín, la teixidora, feia servir per treballar al teler.

Samah mirava davant seu. El Desert dels Murmuris sembrava estendre's fins a l'infinit, però ella sabia que aquella vasta extensió de sorra, a l'oest i al sud es convertia en roca, al nord-oest, en una plana fèrtil, i al nord, seguint el curs del Riu dels Miratges, cedia el pas a la massa d'aigua il·limitada del Mar dels Camins.

La princesa coneixia el seu regne pam a pam: coneixia la sorra i les pedres roents sota el sol del migdia; coneixia la Plana Verda, un indret de rara bellesa, una mica més enllà del Desert dels Murmuris, i coneixia els Pendents Desolats, a l'oest del regne, un lloc inhòspit i aspre on gairebé ningú no tenia el valor d'aventurar-se.

–Mi-te'ls! –va exclamar.

En la llunyania, s'hi distingien petites caravanes que feien cap a la ciutat.

–Bé, ja ha arribat l'hora de posar fil a l'agulla.

Tocant una campaneta, Samah va cridar una de les seves donzelles, que, com cada matí, la va ajudar a preparar-se. La princesa es va banyar; després es va posar una faldilla llarga i una casaqueta de seda blanca.

La noia la va observar, admirada.

–Sou guapíssima, princesa.

La pell bronzejada pel sol ressaltava en la roba blanca de Samah, mentre que els ulls de color terra li resplendien amb la llum del seu somriure. Els cabells li queien sobre les espatlles pentinats en llargues trenetes.

Samah va fer un somriure agraït a la donzella i després es va voler assegurar que els preparatius per al sopar del Mercat de les Sorres s'estaven duent a terme correctament.

–Està tot a punt, a la cuina? –va preguntar mentre es posava als malucs un cinturó fet de monedetes dringaires.

–Els cuiners ja hi treballen, princesa.

–Sobretot, vull que tot sigui perfecte!

Cada any oferien un sopar als mercaders. Era una manera d'acollir i donar les gràcies als homes i les dones que contribuïen a fer prosperar Rocadocre i el seu regne.

–Ho serà, princesa. No us preocupeu.

Samah i la donzella van baixar al pòrtic i van travessar el pati central. El paviment estava decorat amb unes petites tessel·les de marbre de colors diferents que componien el mapa del Regne del Desert. Era un mosaic molt antic i molt valuós.

Mentre l'observava, Samah es va adonar que li faltava una cosa i es va aturar, posant-se una mà al cap, avergonyida.

–Què us passa, princesa?

–Que he passat per alt un petit detall –va reconèixer amb un somriure: els seus delicats peus anaven descalços–. Com és possible que em passi tan sovint?

La donzella va reprimir una rialleta, que Samah va intercanviar amb una mirada divertida. Després, va fer un senyal de complicitat a la noia:

–Tu fes la teva. Jo me'n torno a buscar les babutxes.

–Com desitgeu, princesa.

La noia es va allunyar i Samah va refer els seus passos. Feia poc que havia fet vint anys i era la més gran de les germanes, però sovint i amb molt de gust s'oblidava de posar-se les babutxes. Va sacsejar el cap, somrient.

La veritat és que li agradava caminar descalça: li produïa una meravellosa sensació de llibertat.

3
La noia del nèctar de préssec

Una interminable filera de mercaders avançava lentament al llarg de la petita carretera que pujava al turó de Rocadocre. Els revolts tancats complicaven l'ascens a les persones que duien mercaderies voluminoses com ara gerres, objectes de coure, mobles de marqueteria i moltes altres coses.

Però un cop arribaven a dalt, els mercaders veien recompensat el seu esforç amb nèctar de préssec gelat, l'especialitat i l'orgull de la petita ciutat de Rocadocre.

Tot i que el conreu dels préssecs no era habitual en aquelles latituds, a Rocadocre s'havia convertit en una tradició d'ençà que, molts anys enrere, un jardiner que es deia Helgi, un home silenciós originari del Regne dels Gels Eterns, havia descobert unes fonts subterrànies a la vora.

Deduint que la terra era fèrtil, va crear un jardí esplèndid amb totes les plantes típiques dels climes càlids, fins i tot un exòtic baobab de tronc vermell, i havia completat l'obra plantant-hi unes llavors de presseguer molt especials que havia portat d'un llarg viatge. Durant les obres de construcció del jardí, Helgi guardava aquelles llavors en una bossa de cuir de la qual se separava rarament i a contracor, i que obria sovint, com si es volgués assegurar que no hi faltava res. Els homes que havia contractat per ajudar-lo s'havien pres aquesta actitud amb comentaris entre humorístics i compassius. Les bromes se succeïen durant la jornada:

–Quina necessitat té de controlar les llavors contínuament? Tan valuoses són?

–Voleu dir que el vent del desert no li ha destarotat les idees, al nostre jardiner?

–D'ençà que el món és món, ningú no ha vist mai que unes llavors arrenquin a córrer cames ajudeu-me per les dunes... Totes aquestes precaucions són exagerades!

Al vespre, a les tavernes de Rocadocre, sempre hi havia algú que explicava que havia sorprès el jardiner parlant amb les llavors, cosa que demostrava que dedicava més atenció a les plantes que no pas a les persones. Era un home ben estrany!

A Rocadocre es murmuraven mil i una coses sobre Helgi. Ell ho sabia de sobres, però no feia gens de cas d'aquells comentaris.

Al final de les obres, cap dels habitants de Rocadocre no hauria apostat ni el més insignificant dels seus béns per la prosperitat d'aquell verger. Però, en poc temps, de les llavors, en van créixer uns arbres robustos que produïen uns préssecs blancs que tenien un sabor exquisit i la pell vellutada, i que van agafar una fama que ben aviat es va estendre per tot el regne. La gent de Rocadocre va canviar d'opinió: aquelles llavors eren realment especials! De sobte, les atencions que el jardiner havia dedicat al verger van deixar de ser motiu de burla i es van convertir en objecte d'una admiració silenciosa.

Això havia tingut lloc molts anys abans, quan el Regne del Desert tot just s'acabava de fundar, i el ressò de les batalles que s'havien lliurat al Regne de la Fantasia encara era molt viu en la memòria de la gent.

Hi havia hagut un temps en què només hi havia un Gran Regne únic, que el Rei Savi, el pare de Samah, havia arrabassat a un tirà que tothom coneixia com el

Vell Rei. Al final d'una guerra llarga i sagnant, el tirà havia estat derrotat i, gràcies a l'efecte d'un encanteri molt potent, havia caigut en un son etern en companyia de tota la seva cort.

Samah i les seves germanes, Diamant, Nives, Kalea i Iara, no podien recordar aquells temps turbulents perquè encara no havien nascut, però tenien una remota memòria del període de pau i tranquil·litat que havia viscut el Gran Regne sota la guia del seu pare, el nou rei, estimat i respectat per tot el poble.

Però la pau no havia servit per mitigar les preocupacions del Rei Savi: amb el pas del temps, el sobirà s'havia convençut que el control d'un regne tan gran no podia restar en les mans d'una sola persona. Li venien esgarrifances només de pensar que un nou tirà tornés al poder.

Per això, abans de desaparèixer per sempre, va prendre la decisió de dividir el regne i confiar una corona a cadascuna de les seves cinc filles, imposant-los l'obligació de viure allunyades les unes de les altres i no tornar-se a veure mai més. Només així es podria conjurar l'amenaça d'una nova tirania.

Cada princesa es va convertir en sobirana d'un regne i guardiana d'una estrofa de l'antiga Cançó de la Son, l'encanteri amb què el Rei Savi havia adormit el seu aferrissat enemic. Aquelles estrofes, cinc en total, havien de mantenir-se en secret. Si les reunien i queien en mans equivocades, els Cinc Regnes estarien en perill i tornaria el temps amarg de la guerra.

Però, de moment, res no presagiava aquesta situació en la pacífica Rocadocre, on la princesa Samah es disposava a inaugurar el tradicional Mercat de les Sorres.

~*~

Entre els mercaders que pujaven el pendent de Rocadocre, assaborint anticipadament el gust del llegendari nèctar de préssec amb què els acollirien a la ciutat, hi havia una família procedent dels confins septentrionals del regne, que viatjava amb un cavall i un carro petit carregat de mercaderies. El més jove dels dos fills, anomenat Nuasef, tenia un tarannà dolç i amable, i mirava al seu voltant tot admirat, mentre que el germà gran, Yuftén, caminava amb la mirada fixa a terra i amb una expressió contrariada. El noi no perdia cap ocasió per demos-

trar que estava enrabiat. Per començar, es negava a posar-se el tradicional turbant: tenia un caràcter rebel i, segons deia la mare, la seva especialitat era donar-los una preocupació rere l'altra. Els dies precedents havia fet els possibles per esquivar el viatge a Rocadocre, però el seu pare havia estat incommovible:

–Algun dia te n'ocuparàs tu, de vendre les mercaderies. Per tant, has de venir amb nosaltres per aprendre'n.

–Jo no seré mercader! –havia replicat Yuftén, orgullós.

Però, al final, s'havia vist obligat a seguir la seva família. El viatge havia estat interminable i avorrit, fins a tal punt que, quan van entrar a Rocadocre, Yuftén encara estava d'un humor pèssim.

–Fes un glop de nèctar de préssec –li va aconsellar el seu pare, sospirant.

El noi va grunyir una resposta incomprensible i, a contracor, va alçar la mirada del terra.

Llavors la va veure.

~*~

Davant seu hi havia una noia d'una bellesa enlluernadora; duia un vestit vermell llarg, els cabells negres recollits en una cua i unes grans arracades d'or. La seva roba feia olor d'espècies i acompanyava tots els gestos amb el dring dels braçalets d'or que duia als canells. Yuftén es va quedar paralitzat durant uns instants; la noia li oferia el nèctar de préssec amb un somriure obert, radiant.

Al llarg dels seus divuit anys havia vist moltes noies, però cap no l'havia colpit com la que tenia al davant: en ella, tot era una harmonia de gràcia i dignitat. Aquells ulls de guineu del desert, aquella pell enfosquida pel sol, llisa com el quars...

–Què esperes, Yuftén? –el va encoratjar el seu pare.

La mare ja estava a punt de disculpar-se amb la noia, quan el jove va tenir un sobresant i li va dir:

–Te'n dono les gràcies, gentil donzella.

Els pares i el germà el van mirar, sorpresos per aquell sobtat rampell de cortesia.

Ell va fer com aquell qui res i en va beure un glop.

La noia del vestit vermell es va girar cap a l'home que carregava el contenidor del nèctar, en va omplir una altra copa i la va allargar a Nuasef.

–Puc saber el nom de qui m'ha ofert aquesta delícia? –va preguntar en aquell moment Yuftén.

La noia el va mirar, divertida.

–Sí, és clar. Em dic Daishan.

Yuftén va quedar hipnotitzat per aquell nom, però després es va sobreposar.

–Jo em dic Yuftén. Permet-me que reti homenatge a la teva bellesa.

Es va posar a remenar dins d'uns sacs de tela que

duien al carro i en va treure un braçalet de fusta amb unes figures d'animals gravades al foc. El va posar a la noia provant de trobar la seva mirada.

–És per a tu. Te'l regalo.

Daishan el va acceptar amb un somriure.

–Ets molt amable, Yuftén. És preciós.

–M'alegra que t'agradi.

–L'has fet tu?

–És clar –va mentir descaradament mentre ajustava el braçalet al voltant del fi canell de la noia.

Nuasef, a pocs passos del germà, va ofegar una rialla en la seva copa.

La noia es va posar vermella i, per dissimular la vergonya que sentia, va omplir dues copes més de nèctar als pares de Yuftén.

–L'has sentit, el nostre fill? Té un gran talent per als braçalets! –va comentar el pare en veu baixa.

–Però abans de marxar de casa ens va dir la veritat –va respondre la mare amb un somriure–, si més no quan ens va fer saber que no seria mercader... Si no, no hauria regalat tan alegrement un objecte que ens hauria reportat uns beneficis discrets.

Yuftén no va apartar la mirada de Daishan fins que el pare no va invitar la família a fer cap a la plaça.

Però, per a ell, que ja no s'interessava gaire pel mercat ni els negocis, qualsevol cosa que no fos la noia del nèctar de préssec havia deixat d'existir. Era com si el temps s'hagués aturat; com si el destí, com si fos una fletxa, l'hagués encertat de ple i l'hagués deixat inerme i sense alè.

Es va encaminar cap a la part del darrere del carro amb moviments lents, mecànics. No aconseguia allunyar dels seus ulls aquella imatge de bellesa i dolcesa.

–Daishan... –va murmurar en veu baixa.

El cor li deia que la tornaria a veure.

4

L'euga Amira

A la cuina semblava tot a punt. Les cuineres i els cuiners de la cort estaven ocupats en la preparació dels plats exquisits destinats als mercaders.

La princesa Samah supervisava escrupolosament que tot es portés a terme a la perfecció, sobretot les receptes que s'havien transmès de generació en generació i constituïen l'orgull de Rocadocre, com ara el dolç de dàtils.

De tant en tant, ella també s'entretenia a la cuina.

Li agradava especialment experimentar i combinar sabors que a ningú més no se li hauria acudit d'ajuntar.

–Avui no prepareu res, princesa? –li va preguntar una de les cuineres, una noia jove però que ja era una professional excel·lent. Amb les mans, treballava una pasta molt voluminosa per elaborar un dolç, i tenia tota la cara empolvorada de la farina que saltava de la pasta en forma de nuvolets.

–Val més que no. És un sopar massa important per ferlo malbé amb un dels meus invents –va respondre Samah amb un somriure–. Ara me'n vaig als estables: Amira m'espera. Si em necessiteu per a alguna cosa, em trobareu allà.

–Com desitgeu –va respondre la cuinera amb una petita inclinació.

La princesa va sortir de la cuina i va travessar el pati per anar directament a les quadres. Per accedir-hi, calia travessar un gran reixat amb uns eixos de fusta encreuats que formaven una graella. Aquell matí estava tancat, per això Samah va deduir que Kel-Radek, el cavallerís, no hi era. Hi va entrar i es va trobar immersa en una penombra fresca.

Va saludar els cavalls i, un a un, els va amanyagar el musell llarg i lluent. Sovint els portava verdura per estimular la seva golafreria, però, aquell dia, els preparatius per al sopar li havien fet oblidar tota la resta de coses.

Va tocar el musell d'un esplèndid corser negre i, després, es va dirigir al recinte d'Amira. La va admirar durant uns instants: en la claror de la finestreta, el pelatge castany de l'euga irradiava uns reflexos encisadors, com una tela de seda preciosa.

–Ja em tens aquí, Amira! Et vaig prometre que vindria –li va dir com a salutació Samah.

En reconèixer la veu de la princesa, Amira es va acostar a la tanca i va inclinar el cap perquè l'hi amanyagués. Tots els seus moviments mostraven una gràcia infinita i la seva anadura solemne, una seguretat majestuosa.

Samah li va fer una carícia darrere de les orelles; després, va agafar un raspall i va entrar al recinte. Amb una cura extrema va desembullar els pèls de la cua d'Amira fins que es van tornar suaus com la seda.

Quan Samah va haver acabat, l'euga va sacsejar el cap amb una esbufegada, fent onejar la crinera. Després, amb el musell, va donar uns copets a la mà de la princesa per invitar-la a continuar la raspallada.

Samah la va abraçar i li va acaronar el pelatge, mentre l'euga li refregava el musell per la seva pell llisa.

–Ai, Amira! Ets tan maca... Tu ho entens tot, sense que facin falta les paraules.

Li va enfonsar els dits en la flonja tofa de la crinera i llavors, amb paciència, va començar a raspallar-la i trenar-la.

–Avui és un gran dia, saps? Aquest vespre oferirem un banquet als mercaders. Serà una festa memorable.

Amira, de tant en tant, proferia un renill dèbil, com per demostrar la felicitat que li produïen totes aquelles atencions afectuoses.

Quan la princesa va haver acabat, es va allunyar unes quantes passes per contemplar el resultat.

–Ets bellíssima, amiga meva! –li va comentar, satisfeta.

Havent dit això, va posar els estris en un cubell i els va rentar sota la mirada atenta d'Amira. Després es va acomiadar de l'euga i, de la penombra de les quadres, va sortir a ple sol.

5
El Mercat de les Sorres

Estava a punt de començar l'anual Mercat de les Sorres. Una vegada recuperats de la set, la fam i les fatigues del viatge, els mercaders havien anat a la plaça de Rocadocre per muntar les parades multicolors.

La plaça tenia forma de rectangle allargat i estava envoltada de cases altes i estretes, pintades de groc, vermell i ocre.

Al centre, hi brollava una font d'aigua fresca i cristallina que tothom anomenava la Font de les Meravelles. L'aigua rajava dins una bassa feta de roca, adornada amb quatre pedres fosques provinents dels Pendents Desolats, i la guarnien milers de conquilles minúscules

originàries del remot Regne dels Coralls.

Al migdia, un munt de mercaderies de colors ben llampants ocupaven tots els racons de la plaça. Als carrerons, s'hi flairaven perfums de països llunyans, i tot d'històries i contes que viatjaven de boca en boca havien envaït la ciutat.

Tothom esperava l'arribada de la Princesa del Desert. El Mercat de les Sorres no podia començar sense la seva salutació inaugural.

Precisament en aquell moment, Samah travessava els passadissos ombrosos de palau provant de respirar fondo: sempre es posava nerviosa quan s'havia de trobar amb el seu poble, sobretot amb els mercaders que la visitaven en aquella ocasió única i especial. A més, mai no s'havia sentit gaire còmoda parlant en públic, perquè feia una vida senzilla i no li agradaven les formalitats. Afortunadament, l'acompanyaria el seu cosí Armal, que vivia amb ella junt amb la seva germana gran, Daishan.

Armal era un noi de disset anys, fort i coratjós, amant de les aventures. Tot i que estava molt unit a la seva germana, a la cosina i a la cort, s'allunyava de Rocadocre setmanes senceres perquè es delia per solcar els camins del desert seguint les caravanes dels beduïns o les expedicions dels exploradors. Quan era a la cort, es dedicava a ensinistrar els meravellosos cavalls àrabs de la família reial amb l'ajut d'Ajar, el guia del desert, o bé es divertia escalant les parets més escarpades del turó espadat que s'elevava per damunt del desert. Els ambients tancats el feien patir, només se sentia viu en els grans espais oberts.

Armal esperava Samah davant de la portalada i quan la va veure li va fer un gest de salutació. Aquell dia, ell, igual que la princesa, vestia de blanc: duia una casaca llarga fins als genolls i, per sota, en sortien uns pantalons amples i llargs. Un turbant li protegia els cabells curts i foscos i, als peus, hi duia unes sandàlies de cuir clar.

–Bon dia, cosí –va saludar Samah–. Per casualitat has vist Daishan?

–Encara no.

–Que saps on pot ser?

El noi va fer que no amb el cap.

–Sé que s'ha ofert a repartir el nèctar de préssec als mercaders.

Una petita arruga va aparèixer al front de la princesa. Una arruga imperceptible, que només podia veure qui la coneixia bé.

–Que hi ha algun problema?

–Potser.

–Estàs preocupada?

–No, Armal, però, últimament, la teva germana està més distreta: tot són castells a l'aire, fantasies... Ha insistit molt per col·laborar en l'acollida dels mercaders i em temo que sé per què ho ha volgut fer.

–Per què?

–Està inquieta. I és curiosa.

–No és cap mal, ser curiós.

–Recorda que la curiositat excessiva pot comportar embolics.

A diferència de la seva germana, Armal era un noi molt assenyat i, malgrat que el seu amor per la vida a l'aire lliure el convertia en un aventurer, no era gens impulsiu. Per això Samah se'n refiava i sovint li demanava consell; el considerava una persona madura, tot i la seva edat.

–L'Avi m'ha dit que baixarà més tard –li va dir el noi, per canviar de tema.

–Hi has parlat?

–Sí. Ara està escrivint.

Samah no va fer més preguntes.

L'Avi era l'home més ancià de Rocadocre, tot i que, veient la seva actitud enèrgica, no ho hauria dit ningú. Com passa sovint, també era la persona més sàvia del regne.

Es deia Amar i era l'avi matern de Samah. Havia nascut al Regne dels Coralls, però vivia a Rocadocre des de feia moltíssims anys, i, tot i així, mai no s'havia acostumat a portar turbant, tal com feien tots els natius del Regne del Desert.

Als temps del Gran Regne, el savi Amar havia estat un dels consellers de confiança del Rei Savi. Per això, Samah no solament el considerava un punt de referència per la seva saviesa i experiència, sinó que també hi veia un reflex dels seus pares, que tant trobava a faltar. Amb el pas dels anys, havia continuat anomenant-lo *avi*, tal com feia de petita i, a poc a poc, s'havia convertit en l'Avi per a tota la cort.

El savi Amar era un home bastant reservat; dedicava gran part de la seva jornada a escriure històries del seu poble: unes eren certes, d'altres, les transformava amb la seva fantasia. Però totes eren tan boniques que ningú no es preocupava d'esbrinar quines eren inventades i quines no. D'aquesta manera, al llarg dels anys, la realitat i la imaginació s'havien mesclat indissolublement.

6
El discurs de la princesa

Tots dos cosins van sortir per la portalada d'iroc del palau reial i es van trobar immersos en la confusió de la gentada: els carrerons eren plens a vessar d'un vaivé de persones carregades amb mercaderies de tota mena. Uns provaven de cridar l'atenció dels parroquians oferint-los preus especials, uns altres anunciaven el gènere amb crits alegres, i uns altres s'escarrassaven a fer uns tractes complicadíssims amb clients potencials. Les vendes no començarien de debò fins després del discurs inaugural de la princesa, però no era mai massa aviat per anunciar les mercaderies.

Les veus del mercat, les acompanyava la música d'un balafon, un instrument molt corrent al Regne del Desert, que era una mena de xilòfon de fusta amb carbasses buides a sota dels llistons per amplificar-ne el so, que, segons com, podia recordar la remor de les gotes d'aigua sobre la fusta i sobre la pedra.

Samah mirava al seu entorn, feliç. Passejar pels carrerons de Rocadocre li agradava moltíssim. En altres llocs s'haurien quedat atònits de veure una princesa pel carrer i sense escorta, però Rocadocre era una ciutat petita, tranquil·la i pacífica, on no feien falta guardians. A més, tothom coneixia i respectava la princesa Samah; si algun perill l'amenacés a ella o al seu regne, tota la població en pes l'hauria ajudat a afrontar-lo sense vacil·lar ni un instant.

El breu trajecte entre el palau reial i la plaça el van acompanyar tot d'aplaudiments i exclamacions.

Els crits de «Visca la princesa! Llarga vida a Samah!» ressonaven pels carrerons de Rocadocre.

–Hi ha molts mercaders aquest any –va comentar Armal, mentre avançava pels carrers estrets, plens de gom a gom.

–És veritat: això significa que el regne és pròsper i està en pau.

Samah va arribar a la plaça i va pujar damunt d'una senzilla tarima perquè tothom la pogués veure. La multitud va callar de sobte.

El discurs de la princesa

La princesa va somriure, va fer una respiració profunda i va començar a parlar.

–Amics mercaders, us dono la benvinguda a Rocadocre en nom meu i de tota la cort. Espero que enguany també hàgiu trobat digna la nostra acollida...

«Més que digna», va pensar Yuftén entre la multitud. Mentre la princesa feia el seu discurs, ell buscava amb la mirada la noia a qui havia regalat el braçalet, però no la veia enlloc.

–...per això us agraeixo que torneu a ser aquí després d'haver afrontat un viatge tan llarg. Us desitjo un comerç florent i una estada ben agradable a Roca-

docre, que és pròspera i feliç també gràcies a tots vosaltres.

La princesa va inclinar el cap davant del seu poble, tal com manava la tradició. La gentada la va aplaudir amb entusiasme.

En aquell moment algú va estirar la màniga d'Armal, que s'havia quedat a escoltar el discurs de benviguda de Samah. Era Daishan. La noia anava tota despentinada i tenia un gran somriure dibuixat a la cara: la seva expressió era radiant.

–Hola, Daishan. No sabíem on eres.

–Hola, germanet. He repartit les copes de nèctar de préssec als mercaders, a les portes de la ciutat.

–Ja ho sabia, això...

–Sí, però no t'imagines com m'he arribat a divertir!

–La veritat és que sembles més que «divertida». A veure, explica-m'ho tot... T'ha passat alguna cosa especial?

En aquell moment, Samah, que s'estava acomiadant d'un grup de mercaders, va veure la seva cosina.

–Daishan! M'alegro de veure't. Fas cara de cansada... –va observar.

–El sol pica fort, Samah. I repartir el nèctar a tothom ha estat una gran feinada.

Armal va fer una mirada inquisitiva a la seva germana.

–Quin braçalet més bonic! –va dir Samah.

A la princesa no se li escapava res: era capaç de memoritzar els més petits detalls i adonar-se dels canvis més minúsculs.

–Me l'ha regalat un mercader. Per la meva gentilesa.

–Per la teva gentilesa?

–Per haver-li ofert el nèctar –va dir alegrement Daishan.

Samah va alçar una cella, sorpresa.

–Però si és un detall que tenim amb tothom! No l'hauries d'haver acceptat.

–És que... –li va replicar– m'estava tan agraït i li feia tanta il·lusió regalar-me'l que he pensat que seria una descortesia no acceptar-l'hi.

A la princesa li va semblar que la seva cosina demostrava una eufòria excessiva. Que potser li amagava alguna cosa?

Daishan, en efecte, pensava en aquell jove d'ulls negres i profunds. Possiblement venia de molt lluny i potser, quan marxés, ja no el tornaria a veure mai més. Només n'hi quedaria el nom: Yuftén. Va sentir una gran tristesa, sense saber ben bé per què. Sense adonar-se'n, va fer un sospir profund, que Samah, inevitablement, va copsar.

–M'imagino que era un noi molt guapo, oi? –el comentari de la princesa la va arrencar dels seus pensaments.

–Sí! –va respondre, sobresaltada–. Com ho saps?

–M'ho diu la llum de la teva mirada... –va dir la seva cosina, que es divertia burxant-la.

Armal també va somriure en veure que Daishan es posava vermella.

–Sigui com sigui, és un braçalet realment bonic –va dir Samah, per acabar–. Jo me'n torno a palau. Què feu vosaltres? Us quedeu aquí o torneu amb mi?

–Si no et fa res, ens quedarem una estona a la ciutat –va respondre Armal.

–Com vulgueu. Fins després!

Els dos germans van mirar com desapareixia entre la gentada la figura gràcil i esvelta de la seva cosina. Daishan es va alegrar de quedar-se sola amb Armal; estava molt unida al seu germà i sentia la necessitat de confiar-li la trobaba del matí amb el jove mercader.

Però el seu germà se li va anticipar.

–I doncs? –li va preguntar, encuriosit–. Qui has conegut, que és tan interessant?

Els ulls de Daishan es van il·luminar.

–No ho sé. És un noi foraster, ja us ho he dit, però de debò que és... fascinant.

–El tornaràs a veure?

–Si tinc la sort de tornar-lo a trobar...

–Potser al sopar.

–Sí, potser.

Armal estava sorprès i content. Feia molt de temps que no veia la seva germana tan feliç i radiant.

–Per a qualsevol cosa, pots comptar amb mi... Ja ho saps, oi?

–Sí, germanet. Gràcies!

I es van abraçar, molt feliços.

No es podien imaginar que aquella abraçada entristiria una persona.

I aquella persona, amagada entre la multitud, era Yuftén.

7
L'arribada de Robí Blau

Ja feia força dies que Robí Blau cavalcava en direcció a Rocadocre. Quan va veure la ciutat perfilar-se en la llunyania, més enllà de les infinites dunes de sorra, va fer un sospir d'alleujament: ja se li havia acabat l'aigua i la seva muntura començava a flaquejar. Ni el cavall ni el genet no haurien resistit gaire estona més, això era evident.

L'home encara no s'havia adaptat al clima d'aquell regne, batut per vents abrusadors i escombrat per la sorra roent, i la seva pell clara i els ulls blaus no l'havien ajudat gaire. Sentia que el sol i el vent li cremaven la cara, i tenia la gola inflamada per la sequedat.

Al límit de les seves forces, va enfilar la petita carretera que menava a l'entrada de la ciutat, pregant per no haver fet tot aquell camí en va.

Havia de trobar l'objecte que tant desitjava. Després, finalment, obtindria la seva recompensa.

Però, primer de tot, havia d'aconseguir aigua o es desmaiaria.

Amb aquest pensament va entrar a la ciutat i es va dirigir cap a un edifici acolorit, possiblement el palau dels governants. Allà, hi demanaria vitualles.

~*~

Després d'haver-se passat la tarda vigilant els preparatius per al banquet, la princesa Samah va baixar al pati per fer una passejada.

Deixant volar lluny els seus pensaments, va recórrer tot el pati porticat, fins que va sentir que trucaven a la gran portalada que donava accés a la ciutat.

Distretament, va obrir els pesants batents de fusta d'iroc i es va trobar al davant un foraster tentinejant que subjectava les brides d'un cavall blanc. Tenia tot l'aspecte de venir de molt lluny.

–Oh! Que puc fer res per vós? –li va preguntar la princesa, molt sorpresa.

L'arribada de Robí Blau

Robí Blau es va pensar que es trobava davant d'un miratge.

Va haver de tancar i obrir els ulls dues vegades per convence's que no es tractava d'una de les moltes il·lusions del desert. Davant seu hi havia una noia d'una bellesa incomparable, amb una veu melodiosa com una flauta.

–Oi tant! Estic esgotat i em farien falta vitualles –li va respondre quan va recuperar la parla–. Us puc demanar una mica d'aigua per a mi i per al meu cavall?

–És clar. Entreu, sisplau.

La princesa el va guiar fins al pati.

–Kel-Radek! –va cridar.

Al cap d'un instant Robí Blau va veure com apareixia un home molt baixet, que tenia la pell, els ulls i els cabells molt foscos. Sota el turbant negre tenia una mirada d'àguila. Vestia una jaqueta còmoda i pantalons amples, i subjectava un estríjol a la mà. El jove encara no ho sabia, però tenia al davant el cavallerís de la cort, l'expert en cavalls més famós de tot el regne, i l'home que se'ls estimava més, fins i tot es deia que parlava la seva llengua.

–Digueu, princesa.

En sentir aquelles paraules, malgrat el cansament i la set, el foraster va dreçar les orelles.

La noia que l'havia acollit, era de debò la princesa Samah? Llavors era cert el que es deia de la llegendària hospitalitat de Rocadocre; no solament l'havia acollit la princesa en persona, sense pensar-s'ho ni un moment, sinó que tenia el detall de socórrer la seva muntura, com si fos la cosa més normal del món.

–Kel-Radek, tingues cura d'aquest pobre cavall: està extenuat i assedegat.

–De seguida, princesa.

El cavallerís va agafar les brides del corser i el va conduir als estables.

–Seieu aquí –va proposar Samah a Robí Blau, indicant uns coixins grossos que hi havia sota els porxos–. Ara us porto beguda.

Va desaparèixer per una porta i, pocs instants després, va tornar amb una gerra curulla de nèctar de préssec.

El jove va beure amb avidesa: el suc de préssec li baixava per la gola com saba vital pel tronc d'un arbre i, de mica en mica, va notar que la llengua i els llavis se li començaven a suavitzar. En un tres i no res, va buidar tota la gerra.

–Us en portaré més –va dir Samah.

–Espereu-vos, sisplau, ja he begut prou i em trobo més bé. Us vull agrair la vostra gentilesa. Em dic Robí Blau –es va presentar posant-se dret. Va tenir un lleuger rodament de cap, però va procurar que no es notés.

–Em dic Samah. Sóc la princesa del Regne del Desert,

i aquest és el meu palau. Sigueu benvingut a Rocadocre, Robí Blau.

–La fama de la vostra generositat us precedeix, princesa Samah.

Robí Blau també hauria volgut elogiar la bellesa de Samah, però, entre les informacions que n'havia recollit, destacava el tarannà esquiu i discret de la princesa, poc inclinada a acceptar elogis.

–Són les persones, que són generoses quan parlen de mi. En qualsevol cas, m'alegra que us hagueu recuperat. Us puc demanar el motiu de la vostra visita a Rocadocre?

–Sóc mercader.

–Però no sou d'aquestes terres, oi?

–El meu aspecte em delata; és cert, vinc de molt lluny.

–Heu vingut per al Mercat de les Sorres?

–Justa la fusta –li va respondre el jove, somrient.

«Té un somriure simpàtic», va pensar Samah, «i un rostre especial».

–Veig que no porteu mercaderies... I doncs? Què us ha empès a afrontar un viatge tan llarg per arribar fins aquí?

–Mireu, jo busco uns objectes especials, a comissió.

–I creieu que aquí els trobareu?

–Espero que sí. Però, sisplau, em podeu indicar un lloc per passar la nit?

–Malauradament, ja no queden habitacions als hostals de la ciutat. Molts mercaders han hagut d'acampar al peu del turó.

–Sí. N'he vist les tendes...

–Però estaré encantada si accepteu ser el meu hoste fins a la vostra partença. Aquest vespre celebrarem un gran banquet a palau i tots els mercaders hi estan convidats.

–Sou molt generosa, princesa Samah. Accepto amb molt de gust la vostra proposta.

–Decidit, doncs. Avisaré algú perquè us acompanyi a la vostra estança. Així podreu reposar abans del sopar.

–Sou realment amable. Espero poder tornar-vos el favor algun dia.

–Fins després, Robí Blau.

Samah es va dirigir als pisos superiors per anar a buscar un criat. Mentre pujava les escales, somreia pensant en aquell mercader tan estrany: tenia un aspecte insòlit i unes maneres agradablement afables.

Les normes d'hospitalitat de Rocadocre li havien imposat acollir-lo a palau. En un regne menys segur que el seu, aquella invitació hauria semblat una mica imprudent.

Però la princesa no ho havia dubtat ni un moment: Robí Blau li semblava digne de confiança.

A més, en tenia prou de donar un cop d'ull per clissar les persones que tenia al davant.

~*~

Poc després, Robí Blau va tancar curosament la porta de l'estança que li havien assignat i es va estirar al llit tou i perfumat.

Va mirar al seu voltant: es trobava en una cambra gran i airejada, decorada amb mobles de fustes precioses i cortines de lli finíssim. Era tan acollidora que s'hi sentia com a casa.

Va sospirar, pensant en els seus viatges en solitari. Desplaçant-se sense treva d'un extrem a l'altre dels Cinc Regnes, no havia tingut mai la possibilitat de fer arrels. De debò que era aquesta, la mena de vida que volia?

Es va regirar al llit.

Li van tornar al pensament les trobades desagradables que havia tingut en el passat i va provar d'allunyar-les. Les nostàlgies i les lamentacions podien esperar;

havia arribat el moment de pensar en el futur amb esperança. I amb confiança.

Es va aixecar, es va treure la camisa i es va rentar la cara. Després es va tornar a deixar caure sobre el llit, provant de no deixar-se vèncer per la son, perquè al cap de poca estona hauria de baixar a sopar.

8
El sopar dels mercaders

Al pati del palau reial hi havien parat vint taules de fusta, baixes i rectangulars, envoltades de coixins flonjos i multicolors.

Els havien col·locat al voltant d'una taula central, més petita, on hi havia el costum que s'hi assegués la família reial, formada per la princesa Samah, els seus cosins Armal i Daishan, i el savi Amar, conegut a la cort amb el nom de l'Avi.

A cada taula hi havien arranjat rams de flors oloroses, cistelletes amb llimones, gerres d'aigua fresca de la Font de les Meravelles i, no cal dir-ho, nèctar de préssec.

Els mercaders van arribar després de la posta de sol i els va acollir la princesa en persona.

Samah vestia una faldilla llarga de seda de color turquesa i una camisa finament brodada, amb unes mànigues llargues acabades en punta. Portava una toca de seda amb pedres precioses que irradiaven reflexos a cada moviment que feia. La seva bellesa era tan lluminosa que deixava tothom sense alè.

Un cop havien saludat la princesa, als mercaders els acollia una noia que duia una cistella plena de petits regals de benvinguda: closques de nou farcides de llavors.

Es deia que, si les sacsejaves, allunyaven les tempestes

de sorra. Naturalment, allò eren llegendes antigues i ningú no es creia que funcionessin de debò, però aquell regal formava part de la tradició del Mercat de les Sorres i tots els hostes l'acceptaven amb alegria i en donaven les gràcies amb una inclinació.

Un cop entraven al pati, els invitats alçaven la mirada per contemplar la majestuositat del palau. Després, s'aturaven a admirar el mosaic que tenien als peus i que reproduïa el mapa del Regne del Desert.

Els observadors més atents podien reconèixer els diversos ambients que donaven al pati: l'ala del servei, les termes, la cisterna i els estables, on hi havia els magnífics cavalls de la família reial, entre els quals hi havia Amira, la muntura personal de la princesa Samah.

Uns grans arbustos d'hibisc florits adornaven els quatre racons del pati. Les finestres, totes obertes i il·luminades amb centenars d'espelmes, deixaven entreveure els magnífics sostres pintats. Una delicada música de flauta aletejava en l'aire fresc del vespre.

Pertot arreu se sentien exclamacions d'admiració.

Obeint un senyal dels criats, els mercaders van ocupar el seu lloc al voltant de la taula, impacients per assaborir els primers plats.

Els banquets de Rocadocre eren coneguts en tot el

regne per la seva qualitat i per l'ús d'ingredients que molts dels invitats no havien tastat mai.

Yuftén havia trobat també un lloc a taula, però no es volia asseure de cap manera: més que els plats esperava l'arribada de la noia del vestit vermell que l'havia acollit i encisat a les portes de la ciutat. Estava convençut que la trobaria allà, al sopar, i no tenia cap intenció d'asseure's fins que ella no hagués arribat.

Poc després, a la part de dalt de l'escala que baixava dels pisos superiors fins al pati, Yuftén va veure tres persones, dues joves i una de més gran. No coneixia l'ancià que caminava amb pas enèrgic, amb una llarga cabellera recollida a la nuca. Però sí que va reconèixer els dos joves: eren la noia del nèctar de préssec, Daishan, i el noi que ella havia abraçat aquell mateix matí, a la plaça del mercat.

Yuftén es va enrabiar. La seva intuïció no l'havia enganyat: havia retrobat Daishan, tal com esperava, però potser també havia endevinat la identitat del jove, que per força havia de ser el seu promès.

L'home i els dos joves es van dirigir a la taula central i va ser tot just un instant abans d'asseure's que Daishan va copsar la mirada abatuda del jove mercader.

La princesa Samah va arribar l'última a la taula reial

i, abans d'asseure's, es va adreçar als mercaders reunits.

–Benvolguts amics que heu vingut de terres remotes, em fa molt feliç acollir-vos novament al nostre banquet, tal com demana la tradició. Espero que el sopar sigui del vostre gust; en nom meu, del meu Avi i dels meus cosins, Armal i Daishan, us dono la benvinguda més sincera a casa nostra. Que tingueu una estada ben agradable i us ho passeu molt bé!

Els hostes van aplaudir i van sacsejar festivament les closques de nou.

Yuftén va fer un sospir d'alleujament: és a dir, que aquell parell eren germà i germana! Però també cosins de la princesa... El jove es va posar trist: quines possibilitats podia tenir ell, un simple mercader, amb una noia de sang reial?

Va fixar la mirada al seu davant, sord a la conversa de la seva família, víctima d'una vaga inquietud. S'havia d'empescar un pla per aprofitar la situació en favor seu, per poder-hi parlar i coneixe-la.

Mentrestant, assegut en una taula a tocar de la de la família reial, Robí Blau havia escoltat la salutació de la princesa i estava molt complagut de trobar-se allà, al rovell de l'ou de Rocadocre.

~*~

Els cuiners de la cort havien preparat tota mena de requisits. Quan Samah va fer el senyal, els cambrers van començar a sortir de la cuina amb unes safates enormes: cuscús amb verdura confitada, dàtils farcits de formatge de cabra, pàmpols de figuera farcits de pollastre amb pinyons, sopa de cigrons amb espècies, verdura amb curri embolcallada amb pasta de full d'espelta, pastissos de flor d'hibisc i pell de llimona, galetes de festucs i mel, dolços de dàtils i moltes coses més; un autèntic esclat de colors i perfums que va deixar els hostes de palau amb la boca oberta... i molta salivera!

Els comentaris sobre els plats anaven de taula en taula. Les rialles, els acudits i les històries van omplir el pati amb un ambient alegre i festiu.

Però, si més no, hi havia dues persones que de tant en tant, quan es miraven, sentien que el cor els feia un bot i es delien perquè el sopar s'acabés al més aviat possible, per poder, finalment, trobar-se.

9
Que comenci el ball!

El banquet va ser un gran èxit. Tothom va menjar molt de gust, tant, que a les safates només hi van quedar molles. Mentre bevia a glopets el te perfumat que concloïa l'àpat, Samah estava satisfeta i feliç perquè els seus hostes s'estaven divertint. Ella també gaudia d'una vetllada molt agradable en companyia de la seva família i d'aquell foraster, Robí Blau, a qui al final del sopar havia invitat a la taula de la família reial.

Daishan, en canvi, estava silenciosa. Tal com feia sovint, s'havia refugiat en un món fet de fantasies i somnis amb els ulls oberts. Ja de petita havia desenvolupat l'admirable capacitat d'aïllar-se de la realitat per seguir més bé els passos dels seus somnis. Armal, el seu germà, que havia crescut tocant de peus a terra, sovint la renyava i afirmava que aquells «miratges», que en deia ell, la convertien en una noia distreta i poc digna de confiança.

Una vegada Daishan li va respondre:

–En això de ser distreta, hi estic d'acord, però, pel que fa a la resta, trobo que exageres... Vols dir que no estàs una mica gelós de les meves fantasies?

I Armal, enrabiat, li va replicar:

–Gens ni mica, germaneta! Jo m'estimo més viure-les de debò, les aventures!

Llavors, l'Avi va amanyagar els cabells de Daixan, i després va dir amb molta dolcesa als seus néts:

–Armal, no subestimis el poder de la imaginació: és un do! Però tu, Daishan, prova d'entendre què hi ha darrere del retret del teu germà. Si només vius de fantasies t'arrisques a perdre les coses precioses que la realitat et regala cada dia.

Daishan s'ho va rumiar i es va adonar que l'Avi tenia raó..., però somiar amb els ulls oberts era més fort que ella, li era tan natural com respirar o parlar.

Aquella nit, a més, s'havia d'esforçar per estar quieta i callada, per no trair la presència de Yuftén, que era poques taules més enllà d'ella: no volia desvetllar la curiositat de Samah i provocar preguntes comprometedores. Però li resultava impossible concentrar-se en la conversa, per això els seus pensaments l'havien portada lluny... i s'havia perdut les històries d'aventures amb què Robí Blau havia entretingut Samah, l'Avi i Armal.

Va ser el seu germà que la va fer tornar a la realitat amb una pessigada al braç just a temps per poder escoltar el final d'un viatge de Robí Blau:

–...i llavors, després d'acomiadar-me d'aquella dona tan misteriosa, vaig decidir que seguiria la petita caravana de beduïns fins al meandre del Riu dels Miratges. La idea era passar la nit acampats a redós d'una gran duna. I va ser allà que, a la posta, vaig contemplar un dels espectacles més impressionants de la meva vida: una àmplia estesa d'aigua que el sol il·luminava amb reflexos daurats, d'on s'alçaven uns vapors espessos com núvols, tenyits amb colors pastel. Mirant-los amb més atenció, em va semblar entreveure, més enllà de les boires, teulades i pinacles, potser cases, també...

–Heu vist la ciutat perduda d'Agar?! –el va interrompre Armal, entusiasmat–. Això és un privilegi que el riu concedeix a molt poques persones!

Robí va somriure.

–Tot feia pensar en la llegendària ciutat d'Agar. I jo era

a un pas de la meta. Vaig estrènyer l'ampolleta de suc de magrana que m'havia lliurat aquella dona, confiant en les seves propietats i convençut que m'ajudaria a discernir el ver del fals, la realitat dels miratges. Aquella nit, amb prou feines vaig poder aclucar els ulls, no pensava en altra cosa que no fos Agar i els seus tresors amagats.

–I vau aconseguir trobar el que buscàveu? –li va preguntar l'Avi, molt interessat.

–A la vida no convé confiar gaire en coses alienes a les

nostres pròpies forces. Jo vaig creure en aquella dona que havia conegut al Port dels Savis i en el seu beuratge revelador, però vaig cometre un error molt greu. Malauradament, me'n vaig adonar massa tard.

–Ens ho podeu explicar, Robí Blau? Tenim curiositat per saber com va acabar la vostra aventura –el va animar Samah.

–És clar, princesa. Les coses van anar d'aquesta manera: a trenc d'alba em vaig llevar amb els beduïns. Els vaig avisar que me n'aniria unes quantes hores i els vaig demanar que m'esperessin al campament. Després, impacient, em vaig encaminar a la riba del riu. A mesura que m'acostava a l'aigua, els vapors es tornaven més densos i embolcalladors; la calor, barrejada amb la humitat, em deixava sense alè. Tot i així, vaig avançar molt decidit. Davant meu, Agar semblava cada cop més a la vora... unes quantes passes més i ja la podria tocar. Em vaig endinsar al riu fins als genolls i va ser llavors quan vaig obrir l'ampolleta i vaig engolir el suc de magrana, seguint al peu de la lletra les instruccions que m'havia donat aquella dona.

En aquell moment, Robí va fer una pausa i va abaixar la mirada, com si recordés una cosa dolorosa, una oportunitat perduda per sempre.

–Però la dona m'havia mentit. Allò no era el suc de la veritat, sinó una beguda enverinada. Immediatament, em van venir uns rodaments de cap. Vaig alçar els ulls per orientar-me amb el sol, però les boires del riu ja l'havien amagat. Vaig caure a terra, inconscient. Al meu voltant, tot es va enfosquir i l'última cosa que vaig veure, abans de perdre el coneixement, va ser el rostre de la dona que m'havia enganyat; els seus ulls resplendien com brases.

–I què se'n va fer, de la vostra expedició? –va preguntar Samah.

–Quan em vaig despertar, vaig descobrir que m'havien robat el cavall, l'alforja dels queviures, la brúixola i el petit meridià que sempre duia al damunt. La meva mà va buscar sota la túnica l'estoig de cuir amb les maragdes que havia comprat al Port dels Savis, però també havia desaparegut. Amb penes i treballs, em vaig arrossegar cap al campament i allà vaig veure que els beduïns havien marxat sense deixar cap rastre; al límit de les meves forces, sense aigua ni menjar, vaig tornar a perdre el coneixement.

Robí va fer una última pausa, per després concloure:

–Em van salvar per casualitat un grup de mercaders que va passar per allà al cap d'uns dies. Ha passat molt de temps des d'aquella expedició, però una cosa és segura: no oblidaré mai el Riu dels Miratges, ni la dona que em va enganyar.

Tots es van quedar en silenci, colpits per la història de Robí Blau.

La princesa Samah mirava el foraster amb curiositat i interès, mentre que la imaginació de Daishan s'havia inflamat amb la llegenda de la ciutat perduda d'Agar i aquell indret tan misteriós com emocionant que era el meandre del Riu dels Miratges. Va fantasiejar amb els tresors que havia esmentat Robí Blau i es va perdre pels carrers del Port dels Savis, on aquell foraster amb una vida tan atzarosa havia comprat, aneu a saber per quin preu, el suc de magrana que l'havia traït.

Es va despertar dels seus pensaments poc després, i llavors es va adonar que el seu hoste estava acabant d'explicar una altra història.

El foraster tot just acabava de narrar l'expedició que havia fet a les mines de sal més profundes dels Cinc Regnes, seguint el rastre d'un brillant preciós.

–Déu n'hi do, Robí! Per ser tan jove, n'heu passat de verdes i de madures! –va exclamar l'Avi.

–És ben veritat, no puc pas dir que hi hagin faltat aventures, a la meva vida –va respondre el jove, somrient.

–Les mines de sal es troben al Regne de la Terra Profunda, oi? –va observar Samah.

–Sí, just.

–Per tant, hi devíeu conèixer la princesa Diamant...

El somriure va desaparèixer del rostre de Robí, que, de cop i volta, es va tornar seriós i cellajunt.

–No, però en vaig sentir a parlar –va dir com a tota resposta.

Samah va decidir no fer-li més preguntes. Hi havia alguna cosa que no li acabava d'agradar en la reacció del mercader.

–Escolteu! –va dir als seus invitats, en notar que hi havia una certa efervescència al pati–. Em sembla que ja ha arribat el moment: que comenci el ball!

Tothom se'n va alegrar molt i els músics es van posar a tocar una melodia amb molt de ritme. Els hostes es van aixecar de les taules, que els cambrers van retirar immediatament.

Durant l'àpat, Daishan s'havia limitat, entre un somni

i l'altre, a llançar mirades fugaces al noi que seia unes quantes taules més enllà, amb la seva família.

Unes mirades a les quals Yuftén responia amb somriures lluminosos.

El ball, va pensar Daishan, era l'ocasió perfecta per acostar-s'hi sense cridar gaire l'atenció dels familiars. Per això va demanar a Samah:

–Amb qui inauguraràs el ball, enguany?

–La tradició exigeix que elegeixi un dels mercaders.

–Em puc oferir voluntari? –va preguntar Robí.

La princesa el va mirar, divertida.

–Per què no?

Samah i el foraster es van aixecar i, així que van retirar la seva taula, es van posar a ballar. Ben aviat, molts altres van imitar el seu exemple.

Robí guiava els passos de Samah amb gràcia i seguretat. Tenia unes mans fortes i la seva roba exhalava perfum de gingebre i mel. Aquell home era una mescla insòlita d'energia i dolcesa. Van ballar, van riure i van fer broma com dos vells amics.

Mentrestant, Armal s'havia posat a ballar amb la filla d'un mercader i l'Avi s'havia retirat a descansar o, si més no, això havia dit: no es podia descartar que hagués començat a escriure una altra història, potser inspirada en el viatger que havia estat hoste seu aquella nit.

Daishan va decidir asseure's en un racó del pati porticat, esperant que Yuftén se li acostés.

I, efectivament, el noi no es va fer esperar.

–És a dir, que ets la cosina de la princesa Samah...

–Doncs, sí. I a tu què et passa? Estàs enrabiat? Fa poc tenies una expressió...

–No, no em passa res. Era la sorpresa.

I llavors se li va escapar el riure.

–De què rius? –li va preguntar Daishan.

–Saps el noi que seia al teu costat?

–Armal, és el meu germà.

–Sí. Em feia por que no fos un pretendent... o encara pitjor: el teu futur espòs.

Daishan va riure amb ell.

–El meu futur espòs? Encara sóc massa jove per casar-me!

–Quants anys tens?

–Divuit.

–Potser ets massa jove per casar-te, però no per enamorar-te.

Com qualsevol noia de la seva edat, Daishan somiava conèixer un príncep del desert que conquerís el seu cor, però no tenia pressa. «Quan arribi el moment oportú, el coneixeré», es deia sempre.

Però aquell noi, Yuftén, l'encuriosia. Era simpàtic i amable. Tenia un cor generós i les seves paraules eren seductores...

Yuftén no va perdre el temps:

–Vols ballar?

Daishan va observar el pati, que començava a buidar-se. Com cada any, el ball no havia durat gaire: després d'un viatge tan esgotador i l'abundant sopar que els havia ofert la princesa, molts sentien la necessitat de retirar-se a dormir. L'endemà, els mercaders haurien d'afrontar una jornada àrdua i ningú no es volia deixar escapar un bon negoci per culpa del cansament i la son endarrerida.

Daishan va veure que Samah ja s'acomiadava dels últims hostes que quedaven al pati.

–Em sap greu, però per a mi també ha arribat l'hora de retirar-me a descansar –li va respondre.

Yuftén va assentir, però no es va donar per vençut.

–Creus que ens tornarem a veure?

–És possible.

–On? Quan?

–No ho sé! Però... ens tornarem a veure. Bona nit! –va exclamar Daishan, rient.

Al cap d'un instant ja havia desaparegut darrere dels pòrtics il·luminats amb espelmes, però en l'ambient encara ressonava el dring dels braçalets de plata que duia als canells.

Yuftén va tancar els ulls i va seguir aquell so cristal·lí, fins que es va esmorteir en la fosca.

Va decidir que faria de tot i més per conquerir el cor de Daishan.

10

Una nit insomne

Havia estat una jornada molt llarga per a la ciutat de Rocadocre. Els mercaders, satisfets pel banquet i el ball, reposaven ja fos als hostals, ja fos a les tendes plantades al peu del turó; per a molts allò no era un aixopluc per sortir del pas, sinó un costum consolidat, vinculat als llargs viatges pel desert, on no era possible disposar de llits ni de les comoditats dels «ciutadans».

Yuftén i la seva família gaudien de l'hospitalitat d'un parent llunyà, que els havia preparat unes estores al terrat de casa seva.

Els pares i el germà havien agafat el son de seguida. Yuftén, en canvi, estava neguitós; no podia dormir i no parava de regirar-se d'un costat a l'altre, amb la imatge de Daishan gravada a la ment. Damunt seu, el cel estava esquitxat d'estrelles que dibuixaven unes formes extravagants en la foscor de la nit. Va provar de matar les hores buscant-hi les constel·lacions que li eren familiars i inventant noms nous per a les que no coneixia. Després va sentir una cosa: un so, una música.

Semblava una flauta llunyana.

Yuftén es va posar a escoltar-la, bressolat per la dolcesa d'aquella melodia.

I el son que havia perseguit durant tanta estona el va agafar per sorpresa.

~*~

A l'últim pis del palau reial, asseguda damunt de la balustrada de la gran terrassa, la princesa Samah tocava la flauta girada en direcció al desert.

Aquell instrument pertanyia a la seva família des de feia moltes generacions; Samah l'havia rebut de mans del Rei Savi en persona, sota la promesa de mantenir viva una tradició que ja tenia segles d'antiguitat.

La princesa tocava amb els ulls tancats, inspirada pels seus pensaments i pel vent que li acaronava el rostre.

Un mussol molt gros que s'havia posat damunt la balustrada escoltava com si estigués embruixat el so d'aquell instrument tan delicat.

Quan va acabar la melodia, una figura alta i esvelta es va acostar a la princesa. Ella en va advertir la presència i va obrir els ulls. Va apartar la flauta dels llavis i va fer un somriure en veure de qui es tractava.

–No et volia interrompre, bufona –va dir una veu.

–No em molestes, Avi.

Ell va avançar cap a l'única torxa que il·luminava la veranda i es va asseure al costat de la seva néta.

Va mirar Samah amb els seus ulls profunds i va comentar:

–Has tocat una melodia molt trista.

Ella va abaixar la mirada.

–I això que em semblava que t'havies divertit amb el nostre hoste –va afegir l'ancià.

–És un personatge fascinador, però té un no-sé-què que no acabo de veure clar. Que estrany!

L'Avi la va observar, pensatiu.

–Avui he escrit una història. Parla d'una noia bonica i gentil, forta i valenta, capaç de fer coses grans.

–Una dona com n'hi ha poques.

–Sens dubte. Però, de vegades, aquesta noia està trista perquè li falta la cosa més important de totes.

–Quina cosa?

–L'amor, bonica. És l'ingredient més valuós de la nostra vida.

–Ja ho sé, Avi. Però l'amor no és com un fruit –li va respondre, dirigint la mirada a un llimoner que hi havia prop d'ells–. No creix als arbres, malauradament.

–Doncs t'equivoques: és com un fruit i creix de manera espontània, imprevisible, on menys t'ho esperes. Pensa en els nostres famosos presseguers.

–En els presseguers? Els va plantar Helgi, fa una pila d'anys!

–Sí, però ningú, tret d'ell, s'hauria imaginat que hi creixerien presseguers aquí, al bell mig del desert. Tot i així...

–N'hi ha que diuen que Helgi és un mag.

–Un mag? No, bufona. Només és una persona que

estima la terra, que l'escolta i la respecta, per això dóna fruit tot el que planta. Al Regne dels Gels Eterns, hi va fer créixer un arbre extraordinari, la gent l'anomena el Gran Arbre. És l'única planta capaç de resistir el clima gèlid d'aquella terra.

–El Gran Arbre... N'he sentit a parlar. Com s'ho fa per sobreviure al fred?

–Està arrecerat en una gruta que el protegeix; però no és això que el fa tan extraordinari...

–Ah, no?

–No, l'autèntica singularitat del Gran Arbre és que en les seves branques hi creixen flors i fruits de tota mena.

La mirada de Samah es va perdre darrere de la figura de l'Avi i es va projectar en la foscor de la nit. Com li hauria agradat veure el Gran Arbre, la petita Nives i les seves altres germanes. Les trobava tant a faltar!

Hi havia dies en què la nostàlgia per la seva família dividida la feia patir terriblement. I hi havia dies en què, a més de la nostàlgia, Samah sentia la falta d'algú amb qui compartir les alegries i les preocupacions de la seva vida a Rocadocre.

Va semblar que l'Avi li llegia el pensament:

–Ja ho sé que de vegades et sents sola, encara que estiguem amb tu Daishan, Armal, jo i tota la cort.

–No és veritat, sóc feliç amb vosaltres.

–Tu també trobaràs l'amor, petita meva.

–De moment, no el necessito –va respondre, malhumorada.

Samah no parlava fàcilment de les seves emocions.

–Ja ho veuràs, arribarà quan menys t'ho esperis.

Després, l'Avi li va fer un petó al front i es va aixecar.

–Espera! –va cridar la seva néta–. No m'has dit com acaba la història d'aquella noia.

–És que no ho sé. Encara no n'he escrit el final. Però serà una història bonica, intensa i plena d'aventures, t'ho prometo.

Samah va somriure. El savi Amar tenia el do de preveure les tempestes quan el cel encara estava serè; potser pressentia que també estava a punt d'arribar-li un canvi imprevist a ella.

11

Quan canta el gall

El gall de l'avi Fadil, el més ancià de Rocadocre després de l'Avi, va cantar el seu quiquiriquic amb uns minuts d'anticipació respecte a l'hora habitual.

Evidentment, no se'n va adonar ningú, tret del seu vell amo, que havia ensinistrat durant molt de temps la puntualitat del seu gall i n'estava molt orgullós; la comprovava cada dia, amb unes clepsidres automàtiques que havia inventat.

Però, aquell matí, el plumífer havia cantat abans d'hora i això, segons Fadil, no era un bon presagi.

En qualsevol cas, Rocadocre va començar a animar-se, com cada dia, i els seus carrerons es van omplir de vianants ràpidament. Durant la nit havien arribat nòmades i habitants dels oasis, per bescanviar o adquirir mercaderies al Mercat de les Sorres. La població de Rocadocre s'havia duplicat!

L'aire estava impregnat de les olors típiques del mercat: espècies, essències, fustes perfumades, fruita dessecada, fumerola d'encens... A les parades muntades a la plaça central i als carrers del voltant hi havia una gran exhibició de teixits, joies, estris de tota mena, catifes i fins i tot portes de fusta amb uns gravats meravellosos que havien fet els hàbils artesans del desert.

Embolcallada amb un mantell perquè no la reconeguessin, una noia travessava ràpidament aquell remolí de perfums i colors.

Era Daishan.

Quan va arribar al fons del carreró que portava a la plaça, es va amagar darrere la cantonada per mirar sense ser observada. La tarda abans, amb l'excusa de fer una passejada, havia recorregut Rocadocre pam a pam amb Armal fins que havia trobat la parada de la família de Yuftén: era al costat de la Font de les Meravelles. Ara volia donar una sorpresa al noi i no cabia a la pell.

S'havia llevat molt d'hora, s'havia posat una túnica de color anyil, havia agafat una mica de diners i s'havia esmunyit fora del palau reial abans que se'n pogués adonar algú i li preguntés on anava a aquella hora del matí.

Daishan va treure el cap del seu amagatall i de seguida va veure Yuftén. Va observar els seus ulls negres, aguts com els d'un falcó, el rostre lluminós i la túnica fosca, la roba que vestien els homes adults.

La llum del dia donava una lluminositat especial a la pell bronzejada del noi. Feia uns instants que Daishan el contemplava quan ell va alçar la mirada i la va veure.

Tots dos es van contemplar en silenci, i, després, ella, sobresaltada, va recular darrere de la cantonada mirant de controlar els batecs del seu cor. Va fer uns passos per allunyar-se'n quan...

–Bon dia! –va dir Yuftén, plantant-se-li al davant.

–Bo... bon dia –va balbucejar la noia, que va enrogir fins a la punta de les orelles.

–No m'esperava tornar-te a veure tan aviat.

–És que... he sortit a primera hora perquè, d'això... volia comprar un regalet. Per a la meva cosina, Samah, vull dir.

–Quina mena de regal?

Daishan va fer una llambregada ràpida al seu voltant i va veure unes joies exposades en una parada que hi havia a prop.

–Un collaret.

–Una gran idea. Si vols, te'n puc ensenyar uns quants.

–Per mi, encantada! –va respondre Daishan, pensant que havia justificat la seva presència al mercat en una hora tan insòlita.

Yuftén la va acompanyar fins a la parada on estaven asseguts els seus pares i el seu germà.

–Bon dia, Daishan. És tot un honor que ens hagis vingut a veure –va dir la mare.

Nuasef, més tímid, es va limitar a somriure.

–Daishan vol regalar un collaret a la princesa –va explicar Yuftén–. Ensenyem-li els millors que tenim: els de fusta i de plata.

Una mica preocupada per l'enèsima genialitat del fill, la mare va assentir i, amb un somriure forçat, va treure d'un saquet de tela vermella uns quants collarets esplèndids.

–No sabria dir quin és més bonic! –va exclamar Daishan. Els va agafar l'un darrere l'altre, dubitativa.

–Per a mi, aquest és el més adequat per a la princesa –li va suggerir Yuftén al cap de poc, tot indicant-li un collaret de boletes de fusta alternades amb uns gruixuts anells de plata repujada.

–Hi estic d'acord. Li agradarà molt. Què us dec?

–No res –va respondre immediatament el noi per anticipar-se a la seva mare, que es va mossegar els llavis perquè no se li escapés un sospir–. La princesa ha estat tan generosa amb nosaltres que és tot un plaer tenir aquest detallet amb ella –va reblar Yuftén, inamovible.

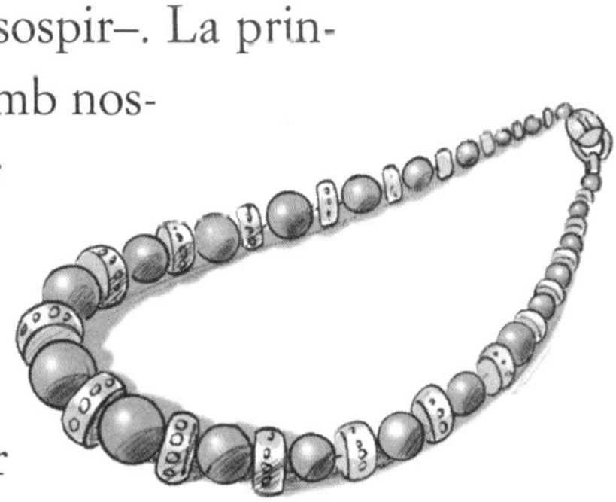

–Però... –la noia va mirar

la dona de pell recremada pel sol i Nuasef, que mirava a terra, avergonyit.

–El meu fill té tota la raó, Daishan –va concedir la mare, finalment, mirant de no pensar en el valor d'aquella joia tan preciosa–. És la nostra manera de donar les gràcies a la princesa per la seva hospitalitat.

–En aquest cas, no hi insisteixo... Però ho explicaré a Samah. N'estarà molt contenta.

Yuftén li va dedicar un somriure càlid i lluminós, com el dia que ja s'anunciava.

–Me n'he de tornar a palau –va dir Daishan–. Gràcies novament! –va dir a la mare i al germà de Yuftén.

–Torna a visitar-nos ben aviat! –va respondre la dona amablement.

–Et puc acompanyar? –li va preguntar Yuftén mentre li allargava el collaret guardat dins d'un saquet de tela tenyida, lligat amb un llaç de lli cru.

Daishan el va guardar en un plec del mantell.

–Encantada, gràcies.

En aquella plaça atapeïda de mercaderies i persones, Yuftén, instintivament, va agafar Daishan de la mà per no perdre-la enmig de la gentada.

Ella el va mirar, però no va dir res. Se sentia protegida i feliç, i en aquella estreta tan sòlida, hi notava una cosa insòlita i emocionant. Una cosa que no havia sentit mai.

Quan van arribar a la portalada del palau, ell li va deixar anar la mà.

–Llàstima! Ja hi hem arribat –va dir Yuftén–. El temps vola, quan estic amb tu.

–Ah...

–Ja sé que sempre et faig la mateixa pregunta, però, ens tornarem a veure? Jo només em quedaré un parell de dies més. Si vols, em pots trobar a la parada dels meus pares o a la caseta del darrere: és d'uns parents que ens allotgen durant el mercat.

El cor de Daishan tornava a bategar amb força.

–Tret que tinguis uns altres compromisos... –va afegir el noi per no semblar massa insistent. Però ho va dir amb un somriure que la noia no va poder resistir.

–Més tard aniré a les termes amb la meva cosina, però a la tarda podré sortir. L'hi hauré de dir, és clar. Em descuidaré de dir-li que he quedat amb tu: em penso que Samah no permetria que em trobés a soles amb un desconegut.

Yuftén va arrufar les celles:

–Vols dir que per a tu sóc un desconegut?

A Daishan la va fer riure la franquesa del noi.

–Home, jo diria que sí. Ens acabem de conèixer, no?

El noi es va enrabiar.

–D'acord: ho admeto –va dir ella–, un desconegut fascinador... i un pelet susceptible.

Yuftén va sospirar alleujat. Ell era així, tenia un temperament impulsiu que li feia dir sempre el que pensava. Era una de les coses que el feien tan interessant als ulls de Daishan.

–Ens veurem a mitja tarda? –li va demanar ell, per posar fi a aquella situació violenta.

–Vindré.

I es van separar, amb el cor desbordat, somiant el moment en què es tornarien a trobar.

Des de la part més alta del palau, algú havia presenciat l'escena i ho havia sentit tot.

12

Somnis destrossats

Ja eren gairebé les nou del matí quan Daishan va trucar a la porta de l'estança de Samah.

–Endavant –va respondre la princesa.

Daishan hi va entrar. Estava radiant i somrient, i el seu pas alegre feia pensar en una dansa. La princesa, encara asseguda al llit, va alçar una cella, encuriosida: feia temps que no veia Daishan tan lluminosa i feliç.

–Bon dia, Samah! –la va saludar la cosina fent-li un sonor petó a la galta.

«Aquestes manifestacions d'afecte», va continuar pensant la princesa, «estan reservades als moments en què Daishan està especialment contenta...».

Somnis destrossats

«Això fa pudor de socarrim», va pensar Samah.

–Estàs més contenta que un gínjol, avui –va comentar–. Que has somiat coses agradables?

Daishan es va posar molt vermella i s'ho va rumiar un moment.

–Doncs... es podria dir que sí.

La princesa encara sentia més curiositat.

–Puc saber què has somiat?

–He somiat amb un príncep del desert... –va replicar la seva cosina, somrient.

–De debò? I com era? –li va preguntar Samah, a qui, en el fons, li agradaven les històries romàntiques.

–Guapo i fort, amb els ulls foscos i altius d'un cavaller.

–Un autèntic príncep. Ara només cal que tinguis la sort que es presenti aquí i demani la teva mà...

–Tant de bo vingui ben aviat.

Samah es va esverar.

–Vols dir que no és millor esperar?

–Per què?

–Perquè ets molt jove, Daishan.

La cosina va abaixar la mirada, i el seu pensament va volar lluny.

A l'estança de Samah, els rajos del sol començaven a penetrar per entremig de les cortines gronxades per una brisa lleugera.

–Avui farà molta calor. Podríem baixar a la cuina i menjar una mica de fruita abans d'anar a les termes –va dir la princesa.

Les termes de palau, reservades a la cort i als hostes importants, eren el regne de l'aigua, del vapor i del fang relaxant que alleujava els dolors i retornava el benestar i la salut.

–D'acord –va respondre Daishan. Va tocar el saquet amb el collaret que duia amagat a la túnica, però va decidir que encara no era el moment oportú de regalar-lo a la seva cosina.

La princesa es va rentar la cara a la palangana que hi

havia damunt la taula pintada, es va eixugar amb una tovallola de lli blanc i es va vestir amb uns pantalons i un cosset de color turquesa.

–Anem! –li va dir després, mentre es recollia els cabells amb un llaç que es va perdre en la negror de la seva tofa de cabells.

Totes dues noies van baixar per l'àmplia escalinata i van travessar el primer pis, que ocupaven els salons de recepció. Un d'aquests salons, anomenat la Sala de la Volta Celeste, era el preferit de Samah. Es tractava d'una estança enorme amb la volta decorada amb una meravellosa reproducció del cel estrellat. Ja de ben petita li agradava estirar-se al terra del saló i observar la cúpula, fins a gravar la posició de les estrelles en la seva memòria. Després, de nit, es divertia localitzant aquelles mateixes estrelles al cel, però algunes no les podia veure; llavors en preguntava el motiu a l'Avi, que li explicava amb paciència les lleis de l'astronomia.

Eren uns records tendres que afloraven cada vegada que entrava a la Sala de la Volta Celeste o fins i tot quan només hi passava per davant, com aquell dia.

Totes dues noies van baixar un altre pis; la cuina ocupava un espai molt extens a la planta baixa de palau, junt amb els magatzems on guardaven els aliments i el

molí on molien la farina per a tota la ciutat.

Més enllà del porxo, que a les hores de més xafogor protegia la cuina dels rajos del sol, hi treballaven una dotzena de persones que, en veure Samah i Daishan, es van desfer en mil i una atencions.

Les cosines van fer un esmorzar lleuger a base de dàtils i fruita fresca. Daishan estava pensativa i Samah se'n va adonar:

–Daishaneta meva, no t'enfadis. Els teus somnis es faran realitat, n'estic segura. Però has de tenir paciència.

Daishan ho sabia de sobres, llàstima que la paciència no formava part del seu caràcter. Pensar en Yuftén la posava neguitosa. Hauria fet qualsevol cosa per accelerar el moviment del sol i anticipar la trobada amb aquell noi que tenia un somriure que parlava al seu cor com la més dolça de les melodies... Però, com que en aquell moment no podia fer altra cosa que esperar, es va convèncer que una sana reflexió dins les aigües vaporoses de les termes li aniria bé.

13

Les termes

Abans d'accedir a les instal·lacions de les termes, calia aturar-se en una estança en què hi havia una font d'aigua tèbia que brollava del fons d'una piscina oval. Samah i Daishan es van posar dues túniques de lli blanc i, després, es van submergir, l'una darrere l'altra, a la piscina, i es van eixugar amb unes tovalloles de lli.

A continuació van anar cap al tepidari, una gran sala que es caracteritzava per l'aire calent i lleugerament humit, i també perquè, als costats, l'aigua bullent s'escolava per sota d'una reixeta i escalfava uns bancs allargats recoberts de mosaic; al centre hi havia unes fonts que recreaven els sons de la natura amb els seus borbolls.

Les dues noies es van asseure en un dels bancs.

El silenci pesant que les embolcallava semblava fet d'idees i pensaments.

–Samah, si no et fa res, aquesta tarda aniré al mercat –va dir Daishan tímidament.

–D'acord. T'hi acompanyarà Armal?

–Hi puc anar sola.

–És clar que pots. Però estaràs més segura amb el teu germà, no trobes?

Daishan no va respondre de seguida, però després va explotar:

–Des de quan he d'anar pel món amb un guardaespatlles?

–Des de quan t'interessa tant el mercat?

–Hi ha moltes coses noves i les vull veure.

–Entesos. –La princesa va respirar fondo.– Daishan, recorda qui ets, en qualsevol circumstància. M'ho deia sempre el pare, el Rei Savi. I m'ho va repetir quan em va explicar que havia de venir a viure aquí, lluny de les meves adorades germanes, per governar aquest regne.

–Devies estar molt trista.

–Sí, és clar, al començament. Però una princesa ha de mirar més enllà dels seus sentiments i vetllar pel benestar del seu poble. Per això vaig pensar que havia d'estar orgullosa de la tasca que m'havien confiat i provar d'estar-ne sempre a l'altura, per molt que em costés.

Samah es va aixecar per anar a la sala següent, el caldari. Daishan la va seguir en silenci, mentre rumiava el consell que li havia donat.

Al caldari, la temperatura encara era més elevada. Una serventa va ajudar la princesa i la seva cosina a ensabonar-se tot el cos amb un sabó especial fet amb fulles de palmera; després, totes dues noies es van asseure en uns tamborets de fusta i es van repenjar a la paret, que també estava calenta.

–Les trobes a faltar, oi? –va preguntar Daishan, al cap d'una estona.

–Qui?

–Les teves germanes.

–Moltíssim. Però no ens podem tornar a veure; hem de respectar aquesta norma pel bé de tots. Tret que...

Les paraules se li van morir a la boca.

–Tret que què?

–Tret que passi una cosa molt greu.

–Però... si tingués lloc una catàstrofe, com t'ho faries per comunicar-t'hi? Els Cinc Regnes estan a molta distància, els uns dels altres.

–Sí. –Samah s'ho va rumiar un instant, i després va

decidir parlar.– Hi ha coses, Daishan, que no t'he revelat mai. Ho he fet per protegir-te a tu i al teu germà, però ara ja sou prou grans per saber-les.

Daishan se l'escoltava amb atenció.

–Hi ha passatges, Daishan. Uns passatges secrets que només coneixem les princeses i que porten d'un regne a l'altre amb una gran rapidesa. Però hem promès que només els farem servir en cas de perill.

–Passatges secrets, dius? Fantàstic! Quan ho sàpiga Armal, els voldrà explorar immediatament!

–No és un joc, Daishan. Els passatges només es poden fer servir en cas de necessitat.

–I no em vols dir on es troben?

–No puc: violaria la promesa que vaig fer al pare fa molts i molts anys. I posaria en perill el meu regne.

–Doncs digue'm quants n'hi ha, si més no.

–Dos. Hi ha un passatge que entra al Regne del Desert i un altre que en surt.

–I n'hi ha dos a cada regne? –va preguntar Daishan, més i més encuriosida.

–Sí, em penso que sí.

–I els nostres passatges... amb quins regnes es comuniquen?

–No et sembla que fas massa preguntes, Daishan?

–Potser. Però si un dia no hi fossis i Rocadocre estigués en perill, com m'ho faria jo per protegir el regne?

–Ets molt astuta, ho admeto. Però no t'ho diré. Somhi! Ha arribat el moment de passar al frigidari.

Aquesta última sala, l'ocupava una gran piscina plena d'aigua tèbia. Totes dues noies s'hi van ficar fins al coll.

–Samah, estàs segura que no em vols dir res més? Sisplau!

–Mira que n'ets, de tafanera! –Samah va flotar força estona per damunt de l'aigua, abans de decidir-se a continuar parlant.

–D'acord: el primer passatge, el de l'entrada, es comunica amb el Regne dels Coralls, el que governa Kalea, la segona de les cinc germanes.

–Com és Kalea?

–És molt guapa. Té una llarga cabellera pèl-roja i uns

ullassos molt verds. És la noia més dolça que conec, sempre està alegre i és molt amable.

Les llàgrimes van velar la mirada de Samah.

Daishan se'n va adonar i es va mossegar els llavis.

–Perdona, no et volia posar trista.

–No et preocupis; m'agrada molt parlar de les meves germanes. Tens present la Font de les Meravelles, a la plaça central?

–És clar.

–Les conquilles que decoren la font provenen del Regne dels Coralls. Cada vegada que les veig, penso en Kalea.

Després d'una pausa, Samah va prosseguir:

–Al regne hi ha altres objectes importants que representen la unió entre els regnes. No és gens fàcil, per a mi i les meves germanes, viure tan allunyades, però aquests objectes, d'alguna manera, ens mantenen unides.

–De debò? Quins objectes?

–Cada cosa al seu temps, Daishan. La impaciència no porta gaire lluny.

–És una altra frase del teu pare?

–No, aquesta és meva.

Totes dues es van posar a riure.

Daishan va tornar a l'atac:

–D'acord. Però també em podries dir alguna coseta del segon passatge... el de sortida!

Samah va somriure.

–Porta al Regne dels Boscos, el que governa Iara, la més jove de les meves germanes.

–Deu ser perillós, per a ella, viure tota sola, allà baix.

–No, dona! No està sola, viu amb la seva cort. A més, Iara és forta com una tigressa.

–Així s'avindria amb Armal. Vés a saber, potser algun dia s'arribaran a conèixer.

La mirada de Samah es va perdre en la superfície calmada de l'aigua. Pensar en la seva família dividida sempre la posava malenconiosa.

–He dit alguna cosa que t'ha molestat?

–No, de cap manera. M'agrada molt això que has dit: algun dia es retrobarà tota la família, Daishan. I serà el dia més bonic de tots.

~*~

Samah i Daishan van sortir del frigidari per anar a una sala més petita i íntima. Allà, els esperaven dues noies i dos llitets de fusta.

Amb la pell untada d'olis calents i d'essències perfumades, les dues cosines van rebre un massatge vigorós.

Havien passat més d'una hora en silenci.

Cadascuna havia pensat en tot el que s'havien dit: la princesa havia recordat les seves germanes, desitjant que estiguessin bé i fossin felices, mentre que Daishan havia fantasiejat amb els passatges secrets i els regnes on menaven.

Quan van sortir de les termes, totes dues tenia la ment serena i la pell suau i perfumada.

–Samah...

–Sí?

–Gràcies per haver-me explicat aquests secrets.

–Ho he fet de tot cor, però recorda que ha estat una demostració de confiança: no la traeixis.

–Refia't de mi. Parlant de confiança, puc anar al mercat, aquesta tarda?

–D'acord, vés-hi. Però vigila molt, eh? Sobretot!

La princesa va observar com Daishan corria escales amunt, en direcció a la seva estança, i va pensar en tot el que li havia explicat. Per què ho havia fet, després de tants anys al llarg dels quals el secret havia estat protegit i segur dins del seu cor?

Potser perquè tenia la sensació que Daishan s'havia fet gran i que ja li tocava assumir responsabilitats?

En revelar-li uns secrets tan importants, Samah havia decidit posar a prova la maduresa de la seva cosina. Si més no, això era el que creia.

Però, en realitat, una part d'ella se sentia oprimida pel pes d'aquell coneixement i esperava que compartint-t'ho se sentiria una mica alleujada.

Samah estava neguitosa i, per molt que s'esforcés a buscar una justificació a les confidències que havia fet a la seva cosina, no estava gaire tranquil·la.

I si havia comès una imprudència?

Les responsabilitats d'un regne no eren una cosa fàcil, ho sabia de sobres. El seu caràcter atent i prudent l'havia convertida en una princesa assenyada, però tenia moments d'incertesa en què se sentia sola..., moments en què hauria desitjat tenir un suport i un punt de referència. Quan no sabia quina decisió havia de prendre, desitjava tant tenir algú al costat que li digués què havia de fer!

Capficada amb aquests pensaments, Samah va exhalar un sospir.

Mentrestant, Daishan, que ja havia pujat dos trams d'escales, gairebé volant, va topar amb l'Avi.

–On vas tan de pressa, petita?

–A preparar-me. Aquesta tarda aniré al mercat.

L'Avi no va dir res, però va copsar una guspira d'emoció en la mirada de Daishan.

Li va posar una mà a l'espatlla i es va limitar a recomanar-li:

–Prudència, eh?!

14

L'objecte misteriós

Robí Blau s'havia llevat d'hora per anar al Mercat de les Sorres. Havia furgat, triat i remenat en totes les parades i havia preguntat a totes les persones que s'havien creuat en el seu camí, però no havia trobat cap rastre d'aquell objecte tan misteriós.

Per això, a la tarda, havia tornat a palau per provar d'aclarir les seves idees i decidir què havia de fer. Passejava nerviosament amunt i avall de la seva estança, deixant fluir els pensaments. Quan havia partit per anar a Rocadocre estava convençut que no tindria cap dificultat per trobar-hi el que buscava, però després de passar pel sedàs tot el mercat sense haver-ne trobat ni un sol indici, les seves certeses començaven a trontollar.

I si la persona que li havia fet l'encàrrec li havia donat unes indicacions equivocades?

Potser l'objecte estava amagat en un altre lloc; a palau, per exemple.

Però no es podia pas rendir sense intentar-ho. Trobar aquell objecte era fonamental, no es podia apartar del seu objectiu. Potser seria útil fer un tomb pel palau reial, per inspeccionar-lo pam a pam.

Robí va baixar al pati i, mentre hi passejava, va sentir una veu que deia: «...vigila molt, eh? Sobretot!».

Era la princesa Samah. Perfecte. Qui millor que ella per donar-li més informació sobre el tema?

Es va afanyar a atrapar-la.

–Robí Blau! Em pensava que éreu al mercat –va exclamar Samah, sorpresa de veure'l a palau en aquella hora: si hi havia anat a buscar un objecte, tal com li havia dit la nit abans, com és que no l'estava buscant?

Samah se'l va mirar atentament: només duia una casaca i uns pantalons amples. Sense el jaquetó de viatge semblava molt més prim. I més jove.

–N'acabo de tornar –va respondre el mercader.

–Heu trobat el que buscàveu?

–Encara no, princesa. Per això us volia demanar si em seria possible gaudir de la vostra hospitalitat una altra nit.

–Per descomptat, com si fóssiu a casa vostra.

–Sou molt amable. I, permeteu-me que us ho digui, el vostre palau és el més bonic que he vist mai.

–Gràcies, Robí. Que m'ho digueu vós, que heu viatjat tant, és tot un honor. Amb la pila d'indrets meravellosos que deveu haver vist! –va dir Samah, provant de posar-se en la pell d'aquell jove, no gaire més gran que ella. «Com et deus sentir quan tens una vida tan plena d'aventures i... sense arrels?», va pensar. «Potser Robí també se sent sol, de vegades».

El jove va tornar a parlar, però ara una llum estranya li il·luminava la mirada.

–Us asseguro, princesa, que el vostre palau té un no-sé-què que el fa diferent a tot el que he vist. No és solament la seva arquitectura fascinadora o la bellesa dels espais. També té una altra cosa, una cosa insòlita, un ambient especial que m'ha seduït des de la meva arribada. És com si estigués tocat per la màgia.

Samah el va mirar en silenci.

Llavors, Robí va passar a l'ofensiva:

–Digueu-me, princesa, quin és el vostre secret? Què fa que Rocadocre sigui tan especial?

La intensitat d'aquella mirada blava va hipnotitzar la princesa. Quan se'n va poder recuperar, va fer un senyal al seu hoste.

–Veniu, Robí. Ho veureu amb els vostres ulls.

Li va ensenyar tots els salons de recepció del primer pis: la Sala de la Rosa del Desert, la del Rei Rinoceront, la de l'Aigua Brolladora, la de la Flor Vermella, la de l'Oasi Imaginari, la de les Muntanyes Encantades... Cadascuna estava decorada amb uns frescos que il·lustraven el tema de la sala. Robí es va quedar estupefacte per tanta bellesa i, en especial, el va colpir el sostre de la Sala de la Volta Celeste.

–Us felicito de tot cor! –va exclamar–. Però encara no heu respost la meva pregunta, princesa.

La noia el va mirar, divertida. Sabia que no es desfaria tan fàcilment com això de la curiositat del jove foraster.

–Seguiu-me!

Samah va guiar el seu hoste fins a la terrassa de l'últim pis del palau, des de la qual es gaudia d'una vista incomparable del desert i les muntanyes.

–Ja està, benvolgut Robí. Ja l'heu vist, el palau de Rocadocre. Tot el que té, ho teniu davant dels ulls, com el desert que s'estén als vostres peus. I, tornant a la vostra pregunta, el secret de Rocadocre és que aquí... no hi ha cap secret!

–Entesos. –Robí mirava més enllà de la balustrada de la terrassa. Els seus ulls havien perdut la llum que hi guspirejava fins poc abans; semblava profundament decebut i desanimat.– Aquelles muntanyes deuen ser infranquejables –va comentar, per dissimular l'amargura.

–Oi tant! Són els Pendents Desolats, un indret extremament perillós, val més no posar-hi els peus.

Robí va alçar una cella:

–Per què?

–Es veu que encara hi ha molta màgia, allà dalt.

En sentir aquella paraula, Robí va tenir un sobresalt.

–Màgia, dieu? Que interessant!

–De cap manera! –va exclamar la princesa–. Us ho prego, creieu-me: de tots els que s'han atrevit a anar fins allà, molt pocs han tornat contents de l'experiència. Més ben dit... la majoria no n'han tornat –va afegir, per acabar-lo de desanimar–. La màgia d'aquelles muntanyes només permet tornar-ne indemnes els membres de la família reial.

–Entesos: no exploraré els Pendents Desolats.

–Molt bé, Robí. N'heu copsat la moral. Què? Ja podem baixar?

El mercader va esbossar un somriure, però no es podia dir que fos de satisfacció. La princesa no li havia revelat res d'important i, tot i la prolongada visita, no havia vist res digne d'esment a palau. Sí, les sales eren molt boniques i sumptuoses, però descartava que hi hagués amagat res de realment valuós.

–Si us ve de gust, Robí, us invito a compartir la meva taula aquest vespre.

–Us ho agraeixo, princesa, però la jornada ha estat molt llarga i necessito fer una bona dormida fins demà.

–Com vulgueu –va respondre Samah en un to més formal.

–A reveure, Samah.

Robí Blau li va agafar una mà i l'hi va besar, mentre la fitava amb els seus ulls de color de mar. Després se'n va anar.

Ella no va badar boca.

La manera amb què havia pronunciat el seu nom, sense afegir-hi el títol de princesa, i aquella mirada blava li havien produït una sensació paríssima.

Era un jove misteriós i fascinador, no es podia pas negar. Però tenia un aire ambigu que la feia sentir perceptiblement incòmoda.

~*~

Robí va entrar a la seva estança decebut i insatisfet. Havia seguit una pista falsa i havia de continuar la recerca... Però, on? A palau no hi havia res.

Llavors li van ressonar a les orelles les paraules que havia pronunciat la princesa Samah poc abans: «Aquí no hi ha cap secret». Després, com un llamp, li va tornar al pensament la silueta llunyana dels Pendents Desolats. Samah havia dit que allà dalt encara hi havia restes de màgia.

Una intuïció va il·luminar els ulls de Robí Blau: havia de fer una última temptativa abans de tornar-se'n.

La decisió ja estava presa: desafiant tota prohibició, pujaria als Pendents Desolats.

15 *Una proposta de viatge*

Yuftén i Daishan havien passejat força estona pels carrers de Rocadocre, agafats de la mà, com si el destí els hagués lligat amb un llaç. Havien rigut, comentat escenes gracioses, observat objectes estrafolaris i, entre els reflexos ataronjats de la posta, havien visitat en secret el meravellós jardí de palau.

–És un lloc increïble! –va exclamar Yuftén mentre mirava al seu voltant.

–Xst! Parla fluix, que ens descobriran! –el va advertir Daishan.

Hi havia uns albercocs en flor, palmeres datileres, gessamins, glicines que s'enfilaven en unes magnòlies gegantines i, naturalment, el majestuós baobab de tronc vermell.

–No havia vist mai un arbre com aquest –va dir el noi, atònit.

–Sí, és molt rar.

–Té un tronc enorme; hi cabria més d'una persona!

Daishan es va acostar al punt de l'escorça on s'havia format una esquerda i va provar de mirar-hi a dins. De sobte, va fer un salt cap enrere.

–Què passa?

–He sentit un soroll! Potser hi ha un animal amagat dins del tronc.

–És possible. És un refugi perfecte... per a les ratapinyades gegants!

Daishan li va donar una empenteta.

–Au, va, no em prenguis el pèl!

–D'acord, d'acord. Però demà vindré a caçar-les –va dir Yuftén, tot rialler.

La parelleta va arribar fins a l'hort dels presseguers, el lloc més encisador de tot el Regne del Desert.

–És ben estrany que aquestes plantes creixin al bell mig del desert –va comentar Yuftén, mentre collia del terra un dels famosos préssecs de Rocadocre.

–Tot això ho va plantar un jardiner molt bo, que va descobrir unes deus subterrànies i va decidir aprofitar-les.

–El coneixes?

–No, només sé que es diu Helgi i que ara viu molt lluny d'aquí, al Regne dels Gels Eterns.

–I ara qui té cura de les plantes?

–La mateixa terra... i la meva cosina, és clar. Em penso que, en part, les manté amb vida l'amor que ella els té.

Després, recordant una de les històries de l'Avi, va afegir:

–Diuen que, una vegada, algú va robar una planta del jardí i que, així que es va allunyar de les muralles de Rocadocre, la planta es va començar a pansir i, lentament, es va morir.

–De debò?

–Sí, em penso que aquestes plantes només poden viure aquí.

Ell la va mirar directament als ulls:

–I tu? Podries viure en un altre lloc?

–Em sembla que sí. Per què m'ho preguntes?

–Perquè d'aquí a poc me n'hauré d'anar, Daishan. He de tornar al meu poble. Això significa que no ens tornarem a veure... fins l'any que ve.

–On és el teu poble?

–Al nord, als confins de la Plana Verda.

«És molt lluny», va pensar Daishan.

–I què em vols proposar?

–Doncs, podries venir amb mi i la meva família...

–Al teu poble?

–Sí, podries marxar amb nosaltres quan s'acabi el mercat. Estic segur que els meus pares n'estaran encantats. Per a ells seria una ocasió irrepetible, perquè, finalment, podrien correspondre a l'hospitalitat que hem rebut a Rocadocre durant tots aquests anys. I per a tu... per a tu representaria un viatge molt bonic, no trobes?

–Jo... no ho sé, Yuftén.

–Però, Daishan, què et passa? Només és un viatge a la Plana Verda. Imagina-t'ho: marxarem de Rocadocre i vorejarem el Riu dels Miratges... Si tenim sort, podrem albirar les ciutats que s'hi reflecteixen, segons diuen les llegendes...

–M'agradaria molt, però...

–Daishan, vine amb mi: t'ensenyaré casa meva i el meu poble. I, si vols, després demanarem permís al meu pare per anar fins al mar, als confins del regne. El mar, Daishan, és l'alè de l'infinit..., és la llibertat en estat pur!

–El mar? Però és que jo...

–Confia en mi, Daishan! Serà molt bonic, creu-me!

Daishan es va quedar en silenci, indecisa i confosa. Yuftén li va acaronar una galta i li va fer un somriure.

–Et dono la meva paraula que tornaràs a Rocadocre, amb la teva família i els teus amics. Només serà un viatge, no tinguis por..., però em quedarà gravat al cor per sempre.

Yuftén es va adonar que la noia el mirava amb una expressió insegura i trista. Es va mossegar els llavis en comprendre que havia corregut massa. No era la primera vegada que es deixava endur pel seu caràcter impetuós, però, en aquell cas, potser havia exagerat.

Que impertinent! Mira que parlar d'aquella manera a una noia de sang reial! Què en devia pensar, Daishan, d'aquella proposta tan impulsiva?! Com podria acceptar l'hospitalitat del fill d'un mercader, ella que tenia de tot? Amb prou feines feia dos dies que es coneixien i, encara que Daishan es refiés d'ell, era molt difícil que la princesa Samah li donés permís per marxar; ell, al seu lloc, hauria fet el mateix. I, a sobre, empès per l'entusiasme, hi havia embolicat els seus pares, com si ells donessin suport al viatge. La idea havia estat ben seva, una idea precipitada, que havia pres forma en un moment de confusió, perquè la por de perdre Daishan, literalment, el destrossava.

Però ja no hi podia donar més voltes; el mal ja estava fet, i havia de fer els possibles per sortir airós d'aquella planxa.

–Perdona'm, Daishan, he parlat massa. No sé pas què m'ha agafat, era un parlar per no callar. No et prenguis seriosament totes les meves paraules.

Daishan estava neguitosa. Aquella proposta l'havia destarotada: d'una banda, l'encuriosia; de l'altra, la preocupava. No estava en condicions de reflexionar, i per això es va girar d'esquena al noi i li va etzibar una resposta glacial:

–He de tornar a palau. Si no, Samah es preocuparà.

Yuftén, molt afectat pel to de veu de Daishan, que no deixava entendre quin era el seu autèntic estat d'ànim, la va agafar delicadament per un braç.

–T'acompanyo.

–Gràcies.

Tots dos van caminar del jardí a la portalada en un silenci absolut. Tots dos pensaven en el que s'havien dit.

A Yuftén li feia por haver-se comportat d'una manera impulsiva i precipitada, mentre que Daishan es retreia haver estat massa indecisa.

–Sisplau, pensa-t'ho –li va demanar el noi, quan van arribar a la porta.

–No ho sé, Yuftén... ho rumiaré. Bona nit.

Yuftén la va saludar amb la mà mentre l'enorme porta d'iroc es tancava feixugament.

Daishan va pujar les escales sentint els batecs del cor, que gairebé li sortia del pit.

Va tancar bé la porta de la seva estança i es va estirar al llit. Per les finestres entrava la brisa fresca del vespre. Un petit insecte es va posar damunt la seva tauleta de nit de vímet, però Daishan no va tenir temps de veure'l perquè es va adormir de seguida.

Llavors, el petit insecte va desplegar les ales i va emprendre el vol. Es va posar damunt del coixí que hi havia al costat de l'orella de Daishan.

Si algú hagués reconegut el coleòpter de color cobalt que xiuxiuejava una estranya lletania a la noia adormida s'hauria adonat que al Regne del Desert, tal com ja havia succeït al Regne dels Gels Eterns i al dels Coralls, estava a punt de passar-hi una cosa terrible.

Però, en aquell moment, ningú no podia impedir que la història seguís el seu curs.

16

La resposta

L'endemà al matí, Daishan es va despertar molt d'hora i de molt bon humor. Hauria pogut topar amb la pitjor de les tempestes de sorra i hauria exclamat igualment: «Quin dia més bonic que fa!».

El petit coleòpter se n'havia anat poc abans que es despertés. Durant la nit havia poblat els somnis de la noia amb unes veus i unes imatges concretes, totalment convençut que la voluntat de Daishan prendria la direcció que li indicava.

–Bon dia, bon dia! –refilava Daishan a tothom que es trobava a palau.

Tanta despreocupació va despertar la curiositat

d'Ajar, el guia oficial de la cort, el qual, malgrat el seu caràcter esquerp i taciturn, va decidir preguntar-li el motiu d'aquell esclat de bon humor.

–Que no puc ser feliç i prou? –li va respondre la noia fent un petit giravolt.

Ajar la va escrutar amb els seus ulls foscos i aguts: notava alguna cosa estranya en la sobtada alegria de Daishan. Però, en el fons, era una noia jove i impulsiva, i potser no tenia sentit preocupar-se.

–Si veus Samah, et fa res dir-li que he sortit? Gràcies!

–D'acord.

I la noia es va dirigir a la portalada de palau bo i cantussejant una tonada.

~*~

Daishan se sentia lleugera com una papallona mentre caminava pels carrerons i assaboria els colors i els perfums de Rocadocre amb una intensitat que no havia sentit mai.

En pocs minuts va arribar a la parada de la família de Yuftén. Amb l'ajuda del seu germà, el noi acabava de col·locar les últimes mercaderies damunt d'una tela brodada.

–Gentil mercader, em podeu servir vós? Vull comprar un dels vostres magnífics collarets –va dir Daishan, provant d'estrafer la veu.

Yuftén va alçar els ulls, i la primera cosa que va veure va ser un somriure radiant.

–Daishan! Quin plaer veure't! –va exclamar.

Nuasef se'l va mirar amb un somriure irònic. Els seus pares es van intercanviar una mirada preocupada.

Llavors, la noia li va dir:

–Passava per aquí per casualitat i he pensat venir a saludar-te...

Yuftén sabia perfectament que era força improbable que la cosina de la princesa anés al mercat per casualitat i, a més, a aquella hora del matí.

–Has fet bé. Vols anar a fer un tomb?

–Amb molt de gust.

Yuftén va fer una mirada tranquil·litzadora als seus pares.

–Torno de seguida.

–D'acord. Vés amb compte... –va respondre la seva mare.

Daishan se'n va acomiadar i es va allunyar amb Yuftén. Tots dos van esperar a girar la cantonada per agafar-se de la mà. Després van caminar a poc a poc, com si volguessin frenar el pas del temps, mentre miraven al seu voltant, cadascú capficat en els seus pensaments.

Daishan, sobretot, estava molt emocionada: s'havia despertat amb la convicció que Yuftén era el seu príncep del desert i que la cosa més normal era seguir-lo fins al seu poble. Ara només calia dir-l'hi.

–Escolta, Yuftén, jo...

–Em penso que ja sé què em vols dir. Jo també he reflexionat sobre tot el que ens vam dir ahir: va ser una equivocació parlar-te d'aquella manera. La teva vida és aquí, a la cort, amb la teva família. Et vaig fer una pro posta absurda, excessiva, prou que me n'adono. No sé què em va passar pel cap, però et demano que em perdonis.

–Espera... –el va interrompre Daishan.

Yuftén va contenir la respiració. Havia cregut que Daishan no se l'havia pres seriosament el dia abans i que hi havia anat a confirmar la seva negativa.

–Jo... accepto la teva proposta –va dir Daishan, meravellant-se de les seves pròpies paraules.

–L'acceptes? –va repetir el noi, que s'havia quedat sense alè per la sorpresa.

–Sí, he decidit marxar amb la teva família quan s'acabi el mercat. Vull viatjar, sempre he viscut a Rocadocre i no he albirat ni de lluny els confins del Desert dels Murmuris. D'aquest regne, només n'he vist sorra i roca.

El noi va empassar-se la saliva amb dificultat. La decisió de Daishan l'havia deixat de pedra.

Instintivament, la va abraçar, fent veure que se sentia molt feliç i agraït, però, en realitat, gairebé no podia respirar: estava tan emocionat com espantat.

–Doncs anem a veure la princesa. Li direm que ens n'anem –va proposar el jove.

–No, Yuftén. Val més que hi parli jo abans.

–Com tu vulguis. La coneixes més bé que jo. D'això... Bona sort!

Daishan se'n va anar corrent i va desaparèixer darrere d'una cantonada.

Yuftén encara no se sabia avenir que el seu somni estigués a punt de convertir-se en realitat.

17

La cosina gran

La princesa Samah es va despertar sentint una angoixa molt estranya. Havia tingut un somni que no podia recordar bé, però estava convençuda que no havia estat gens agradable.

A més, aquell dia ventós, amb un aire roent que alentia els moviments i tallava l'alè, no l'ajudava gaire a tranquil·litzar-se. L'Avi deia que un vent tan ardorós no podia portar res de bo.

Amb l'esperança de foragitar aquella aprensió, Samah havia decidit passar una estona al jardí. S'havia endut la cistella dels estris i uns guants de treball, i s'havia posat a feinejar en un cactus que tenia unes flors de color vermell encès.

–Déu n'hi do! Que n'és, de dura, aquesta terra! –va dir a la planta–. Si no la remoc, asfixiarà les teves arreletes.

Helgi li havia ensenyat a tenir cura de les plantes. Quan era petita, el misteriós jardiner havia passat una temporada a Rocadocre per comprovar que el jardí creixia ufanós. En aquella ocasió, uns homes que havien treballat amb ell uns quants anys abans li van regalar unes llavors molt rares: era una manera de donar-li les gràcies per haver proporcionat a Rocadocre un presse-

guerar amb unes qualitats extraordinàries i, potser també, per fer-se perdonar l'acollida no precisament càlida que li havien dispensat en el passat.

En aquella època, Samah era una nena i sentia una gran curiositat per aquell home tan hàbil amb les llavors i les plantes. Vas ser llavors que Helgi li va ensenyar la importància de parlar amb les flors, perquè, encara que no puguin respondre, es nodreixen amb la companyia de les paraules. Igual que les persones.

Mentre Samah rememorava aquells temps llunyans, es va fixar en una ombra que es projectava al terra i es va girar. Era la seva cosina i semblava contentíssima.

–Hola, Daishan! Et ve de gust donar-me un cop de mà?

–Per mi, encantada! –li va respondre la cosina.

Daishan va agafar un rasclet i es va posar a amuntegar fulles caigudes. Va treballar uns minuts, molt concentrada i silenciosa, i després va sentir que Samah deia:

–Saps què, Daishan? Ara pensava en el teu germà i tu. Ja sou prou grans...

Daishan no va fer cap comentari, esperava que la princesa continués parlant.

–Deu ser per culpa d'aquest vent que porta presagis estranys, però si mai em passés alguna cosa...

–No ho diguis, això, Samah!

–Són coses que poden passar. Per això hauries de saber un altre secret que em van confiar fa molt de temps.

–Vols dir un secret més secret que el dels passatges entre els regnes?

La princesa va sospirar, i es va quedar una llarga estona pensativa. Al final, va engegar a raig:

–Hi ha un objecte amagat als Pendents Desolats.

–Un objecte?

–Sí. Una làmina de plata, petita i prima, extremament preciosa. Té un valor incalculable per al nostre regne.

–Per què?

–Tant és. Si em passa alguna cosa, tu i el teu germà l'haureu d'anar a buscar i portar-la a l'Avi. Ell sabrà què fer-ne.

–On és?

–Al capdamunt del segon pic que hi trobareu pujant. Allà hi ha cinc pedres disposades en cercle. La làmina està sota la pedra que dóna al sud, la que correspon al Regne del Desert.

–Ostres! Això sembla la caça d'un tresor!

–No t'ho agafis com un joc, cosina. Recorda que aquella làmina és un objecte valuosíssim.

Daishan va assentir. La feia molt feliç que Samah li hagués parlat de la làmina: encara que no li hagués explicat per què servia realment aquell objecte, la princesa confiava en ella. I això, als seus ulls, valia més que qualsevol altra cosa.

Però hi havia un detall que no havia cridat l'atenció de les cosines: un petit coleòpter de color cobalt que s'havia posat en una fulla d'hibisc.

Quan una ràfega de vent va desgavellar el fullam, el coleòpter va emprendre el vol i es va allunyar del jardí. Tot el que havia sentit l'havia deixat més que satisfet.

~*~

La prova de confiança que li havia demostrat Samah va encoratjar Daishan a sincerar-s'hi.

–Aquest matí he anat a fer un tomb pel mercat. T'ho volia dir, però encara dormies i m'he estimat més no despertar-te.

–Una altra vegada? Deu ser d'allò més interessant, el mercat d'enguany! –va exclamar Samah, molt alegre i sense la més petita sospita.

Daishan va pensar que era un bon moment per donar-li el collaret que havia triat per a ella. Va deixar el rasclet i se li va acostar.

–Dins d'aquest saquet hi ha una cosa per a tu –va dir.

–Ah, sí?

–Sí. Obre'l!

Samah es va treure els guants i va agafar el saquet. Quan en va treure el collaret, els ulls li van brillar i els llavis se li van obrir en un somriure meravellat.

–Gràcies, Daishan! És preciós!

–De debò que t'agrada?

–Moltíssim! M'ajudes a cordar-me'l?

Daishan va posar el collaret al coll de la seva cosina i es va felicitar per l'elecció: li quedava perfecte!

Com que totes dues ja havien acabat la feina al jardí, van guardar els estris i es van dirigir a les seves estances.

Mentre pujaven les escales, Samah va tocar el collaret i va tornar a donar les gràcies a la cosina.

–A què dec aquest regal? No és el meu aniversari.

–En realitat, no és solament de part meva...

–A qui més he de donar les gràcies?

–A una família de mercaders que t'estan agraïts per la teva hospitalitat.

–Quines persones més educades! Qui són aquests mercaders?

Daishan sentia que el cor li bategava amb força dins del pit.

–D'això, jo conec un dels fills. Es diu Yuftén i... –va començar a dir, pregant per no posar-se vermella.

Però la princesa va notar de seguida la seva torbació.

–...i és el famós noi de qui m'has parlat –va concloure Samah, amb un somriure.

–Sí, és ell –va admetre Daishan, regirant el seu braçalet.

–Us heu fet amics?

–Sí, molt. És una persona especial de debò. I a més... m'ha proposat que vagi amb ell i la seva família fins al

seu poble, que és als confins amb la Plana Verda. Per fer un viatge...

La princesa va fer uns ulls com unes taronges, incrèdula.

–T'ha demanat que l'acompanyis fins allà dalt? Però si l'acabes de conèixer!

–Sí, ja. Però me'n fio. A més, per a mi seria una gran oportunitat per conèixer el meu regne. Pensa que he fet divuit anys sense haver-me allunyat mai de Rocadocre, mentre que el meu germà ha travessat el desert una infinitat de vegades. No és just!

Samah no es creia el que sentien les seves orelles.

–Daishan, però què t'agafa? Et conec de tota la vida i mai no t'havia sentit parlar així! Segur que et trobes bé?

–No et demano res d'estrany, jo! Vull seguir Yuftén i la seva família, vull veure el món! Quin mal hi ha? N'estic farta, d'aquestes quatre parets. N'estic farta, de la sorra que se'm fica a la gola i em talla la respiració!

–M'ho podies haver dit abans, que volies viatjar! Escolta, Daishan, tingues una mica de paciència: així que s'acabi el mercat, organitzarem una expedició al Port dels Savis, als confins del regne. Hi anirem tu, jo, Armal, l'Avi...

–Però que no ho entens? Me'n vull anar amb Yuftén!

Ja sóc prou gran, hi puc anar tota sola, no necessito que em feu d'escorta! Necessito llibertat!

Samah es va quedar de pedra.

–Prova de posar-te en el meu lloc, Daishan. Com vols que et deixi marxar amb una família de mercaders de qui no sé pràcticament res? Ets la meva cosina i formes part de la família reial... sóc responsable de tu. El nostre regne és pacífic, és cert, però el sentit comú m'imposa prudència.

No hi havia manera de fer entrar en raó Daishan. Tenint en compte la inutilitat dels seus intents per convence-la, Samah es va veure obligada a tallar en sec la discussió:

–Ja n'hi ha prou! El teu lloc és aquí, a Rocadocre. Tu mateixa ho has dit fa poc: ja ets prou gran, per tant, se t'ha acabat el temps de fer rebequeries.

–No em pots obligar a quedar-me contra la meva voluntat!

–Oi tant que puc! Sóc la princesa d'aquest regne i les meves decisions també valen per a tu. I si em tornes a parlar en aquest to...

–Vull estar amb Yuftén!

Daishan parlava sense pensar. Alguna cosa dins del cap no parava de repetir-li: «Te n'aniràs amb ell, peti qui peti».

Al final, Samah va perdre la paciència. Va aferrar la seva cosina pel braç, la va arrossegar cap a la seva estança i la va obligar a entrar-hi sense contemplacions. Tot seguit, la va deixar sola i es va apressar a tancar la porta amb pany i clau.

La noia es va adonar massa tard que havia caigut en una trampa.

–Deixa'm sortir! Samah! Deixa'm sortir! Auxiliii! –cridava desesperadament la seva cosina.

Samah no es va deixar entendrir. El seu cor plorava per

allò que havia fet, però no hi havia cap alternativa. Daishan estava fora de si, i en tota aquella història hi havia alguna cosa que no li quadrava. Qui era aquell jove mercader? No en sabia res, d'ell. Hi podia confiar? Ni tan sols no s'havia dignat a presentar-se-li, com era tradicional. El seu deure de princesa li imposava protegir el seu poble i la seva família sobretot, però ara...

Els crits de Daishan li impedien pensar, i el vent, aquell vent ardorós que bufava des del matí, li tallava la respiració i no li donava treva.

La princesa va decidir anar a demanar consell a l'Avi.

18

La solitud

Daishan no s'hauria imaginat mai que el temps pogués transcórrer tan lentament entre les quatre parets de la seva estança.

Caminava amunt i avall sense parar. No s'hi resignava. Hauria d'haver fugit, de seguida, sense plantejar-se tants problemes. Explicar-ho tot a Samah havia estat un error enorme.

Quan mirava per la finestra, patia només de pensar que no tornaria a veure Yuftén i que ni tan sols el podria avisar! Segur que, en aquell moment, el noi esperava la seva resposta allà fora, als carrerons atepeïts de persones lliures d'anar on els vingués de gust.

Un plor inconsolable li va oprimir la gola; desesperada, va enfonsar la cara al coixí per ofegar-hi els sanglots.

Era tan desgraciada!

~*~

Necessitada de consell i consol, la princesa va córrer a buscar l'Avi. El va trobar a la terrassa, assegut en uns còmodes coixins de colors llampants, llegint un recull de poesies antigues.

–Samah, bonica! Quina sorpresa tan agradable!

Sempre estava calmat i somrient, era un exemple lluminós i tranquil·litzador per a tothom.

–Avi! –Samah s'hi va acostar corrent i es va arraulir entre els seus braços.

–Què et passa?

–No ho sé. Potser m'he equivocat del tot.

–No ho diguis, això. Au, va, explica'm quin és el problema –li va dir deixant el llibre en un costat.

–Em preocupa Daishan, Avi. Avui estava molt contenta i m'ha regalat aquest collaret.

–És esplèndid.

–Sí que ho és. Però després m'ha revelat el motiu de la seva alegria. Un noi l'ha invitada a anar al seu poble quan s'acabi el mercat.

–Oh!

–I ella volia acceptar la invitació. Te n'adones? Jo no en sé res, d'aquest noi ni de la seva família. Com podria confiar-li, ni que fos per una temporada breu, la meva cosina? No em cap al cap! Daishan no pot pretendre que li'n doni permís, i l'hi he dit tal com raja. Però ella s'ha posat com una fúria...

–Mira de calmar-te. Respira fondo.

Samah va seguir el consell de l'Avi i es va sentir més bé. Va tornar a explicar-li el problema amb més calma. Quan va acabar, l'Avi li va dir:

–Escolta, tu has fet el que consideraves just. Una princesa ha de prendre decisions, és el seu deure. I recorda, bonica, que tota elecció comporta un risc. És inevitable. No pots saber per endavant si comets una equivocació o l'encertes.

–Tens raó, però parlem de la meva cosina. Com podria...

–Samah, ara com ara, no hi pots fer res. Les últimes nits, he vist que les estrelles estaven inquietes i tremolaven en el firmament. Semblava com si una força capriciosa les estigués bufant per apagar-les. I ara aquest vent asfixiant.

–Què significa, això?

–Que els ànims estan inestables, Samah. Sota la volta del cel s'agiten forces desconegudes.

–Daishan?

–I també el jove mercader. Però no són ells...

–Per tant, he fet bé d'impedir-li que marxés.

–Jo només sento el que em suggereixen el vent, les estrelles, el cel... No et puc dir res més.

–Gràcies, Avi.

–No t'he donat cap resposta, en realitat.

En aquell moment va arribar Armal; tenia una expressió preocupada.

–Samah, he provat d'entrar a la cambra de Daishan, però l'han tancat a dins... Diu que has estat tu!

–És veritat –li va respondre la princesa.

–Per què?

–Vine a seure amb nosaltres, Armal –li va dir l'Avi.

Samah li va explicar breument la història de Daishan i de Yuftén.

Al final, a Armal no li sortien les paraules. Després va explotar i, sacsejant el cap, va exclamar:

–Has fet més que bé!

–Trobo que hi hauries d'anar a parlar tu, Armal –li va suggerir l'Avi–. Li agradarà. Sempre que Samah hi estigui d'acord, evidentment.

–És clar.

Samah va confiar a Armal la clau de l'estança de Daishan.

–Sobretot: torna'm la clau –li va demanar–. Daishan no en podrà sortir fins que no s'acabi el mercat... Ni abans que aquest jove tan misteriós no hagi tornat al seu poble. És pel seu bé.

–Ja ho sé. No pateixis –li va respondre Armal, mentre s'allunyava per anar a veure la seva germana.

–Tant de bo que tot vagi bé –va dir Samah amb una expressió preocupada al rostre.

L'Avi li va amanyagar els cabells i ella va tancar els ulls, esperant que les coses se solucionessin ben aviat.

~*~

–Tu no entens res, Armal! –va exclamar Daishan.

–Però si amb prou feines el coneixes, aquest noi... –va replicar el seu germà, mirant de fer-la raonar.

–No sé com explicar-t'ho, però quan m'he despertat aquest matí sabia que havia d'acceptar la seva proposta.

–Potser has somiat massa i quan t'has desvetllat encara estaves sota la influència de les il·lusions de la nit.

–Potser sí. Recordo unes paraules; eren com una cançoneta que em bressolava dient-me que me n'anés amb Yuftén.

–Ho veus? És una suggestió, un somni.

–Però no em vull quedar aquí! Me'n vull anar amb Yuftén, travessar el desert i veure el mar! M'has d'ajudar a sortir d'aquí!

–No puc. He promès a Samah...

–I què?! Som germans, no? Això compta més que qualsevol altra cosa!

–No em posis en un compromís. Ja saps que t'estimo molt i que per tu faria qualsevol cosa, però no puc deixar-te sortir. Crec que t'equivoques. I, a més, trairia la confiança de Samah i l'Avi.

–Què em dius, ara? L'Avi també està d'acord a tenir-me tancada aquí dins?

Armal va assentir.

Daishan es va deixar caure al llit. L'Avi era la seva última esperança. Es pensava que podria comptar amb la seva bondat, i ara que sabia què en pensava, se sentia totalment esmaperduda.

Armal es va asseure al seu costat.

–Daishan, germaneta, ja saps que faria qualsevol cosa per tu, però, aquesta vegada, Samah té raó. Seria imprudent fer un viatge tan llarg amb unes persones de qui no saps res. I si aquest noi anés amb males intencions?

–No el coneixes, és especial...

–Ja m'ho imagino, però cada cosa al seu temps. Quan tinguem més informació sobre aquests mercaders, en parlarem amb calma. Mentrestant, si vols conèixer els confins del regne, podem fer un viatge a l'aventura. Només tu i jo. Què me'n dius?

–Que si et trobessis en la meva situació, no parlaries d'aquesta manera.

–Però si tu et trobessis en la meva, diries exactament el mateix que jo.

–N'estic tipa, vés-te'n! Si no em penses ajudar, deixa'm sola!

–T'estic ajudant, creu-me –li va dir el noi, provant d'abraçar-la.

La noia el va esquivar i es va girar d'esquena:

–Te la pots confitar, la teva ajuda!

Armal va sortir de l'estança molt trist. S'havia pensat que podria convèncer la seva germana perquè sospesés la situació amb més calma, però era tossuda com ella sola. Quan va tancar la porta darrere seu, la va sentir sanglotar.

Sabia que l'havia traïda, però no tenia cap alternativa.

19

La fugida

Daishan es va quedar estirada, mirant el sostre, fins que les parets de l'estança es van dissoldre en la penombra del vespre. A mesura que la ràbia que sentia per la baralla s'anava esvaint a poc a poc, provava d'empescar-se una solució, però les emocions del matí havien deixat pas a un gran defalliment que la va envoltar lentament, i després la va estrènyer com en una abraçada. Va caure en un son profund i neguitós.

Quan es va despertar, ja era negra nit.

Va encendre l'espelma i va notar un moviment estrany damunt la tauleta de nit de vímet. Aquell fregadís sobtat la va espantar, però de seguida va pensar que devia ser una falena atreta per la flama.

Però, no: era el coleòpter de color cobalt, que mentre dormia li havia xiuxiuejat la seva misteriosa cantilena a cau d'orella i ara s'havia posat a l'ampit de la finestra per contemplar el resultat de la seva tasca.

La reacció de Daishan no es va fer esperar: la noia es va aixecar del llit i va anar cap a la finestra. Només un tènue quart minvant il·luminava la nit. No s'hi veia gens, però els seus ulls van endevinar la silueta de les cases de Rocadocre i la familiar extensió de desert que envoltava el turó.

Quan la seva mirada es va elevar fins a les crestes dels Pendents Desolats, de poc que no es queda sense alè. Ara se'n recordava: la làmina de plata corria perill!

Mentre dormia, algú l'havia esperonada a partir a la recerca d'aquell objecte abans no caigués en males mans. Daishan no podia recordar qui n'hi havia parlat, però la sensació de perill era ben viva i palpable.

Va empassar-se la saliva amb dificultats, tenia els ulls esbatanats de l'emoció. Havia de trobar la manera de sortir d'allà..., però com?

Es va abocar per la finestra. No podia baixar per allà perquè el terra estava molts metres més avall. Era massa arriscat i, en qualsevol cas, hauria necessitat una corda i no en tenia cap.

Es va posar a caminar nerviosament per l'estança mentre el coleòpter blau brunzia amb insistència al seu voltant.

–Vés-te'n! –Daishan va provar de fer-lo fora amb un cop de mà.

L'insecte va esquivar el cop i es va ficar sota l'armari.

En aquell moment, Daishan, que l'havia seguit amb la mirada, va tenir una inspiració.

De les profunditats del temps li va tornar a la memòria un record: de petita, li agradava amagar-se sota l'armari i esperar que Samah vingués a desitjar-li un bon dia, com feia cada matí. Quan la princesa entrava a l'estança i la buscava sota els llençols, Daishan comptava fins a deu i després sortia de l'amagatall i li feia pessigolles.

Amb el cor bategant amb força, Daishan es va acostar a l'armari.

Recordava prou bé el corrent d'aire fresc que li esbullava els cabells cada vegada que es refugiava al seu amagatall.

Allà, hi desembocaven els antics conductes de ventilació, li havia explicat la princesa; els havien construït en una època molt remota, quan una sequera sense precedents s'havia abatut sobre el Regne del Desert i havia fet caure Rocadocre en un parany de calda.

Amb el cor a cent, Daishan va apartar l'armari i va descobrir una petita trapa a la paret. Va estirar el mànec de la porteta amb totes les seves forces fins que en van saltar les frontisses rovellades. La trapa es va obrir de bat a bat, tot deixant entrar un corrent d'aire que tenia un regust de terra. A l'interior del conducte s'hi veia una escala de gat molt recta.

«Som-hi!», va pensar Daishan. «Endavant!».

No va perdre el temps. Va agafar el xal i l'espelma, es va esmunyir per aquell passatge tan estret i va començar a baixar resant per poder tornar a veure ben aviat el cel i la lluna.

Mentre s'obria pas entremig de les teranyines, protegint-se la cara amb el xal, l'únic pensament que tenia era trobar la làmina de plata que estava amagada als Pendents Desolats. S'hi havia d'afanyar, li repetia una veu dins del cap, el regne corria perill!

Una ventada humida va apagar l'espelma al punt en

què el conducte era més estret. Daishan es va trobar immersa en la fosca més completa.

Va mirar de no pensar en les ratapinyades que possiblement vivien en aquell passatge, però no se'n va sortir; la seva imaginació ja corria al galop i no hi havia manera d'aturar-la. Llavors va provar d'imaginar-se el que li hauria dit Armal: «Ets massa fantasiosa, germaneta! Per què no proves de concentrar-te en les coses reals, de tant en tant?».

Però aquell pensament el va esborrar immediatament

[continua a la pàg. 153...

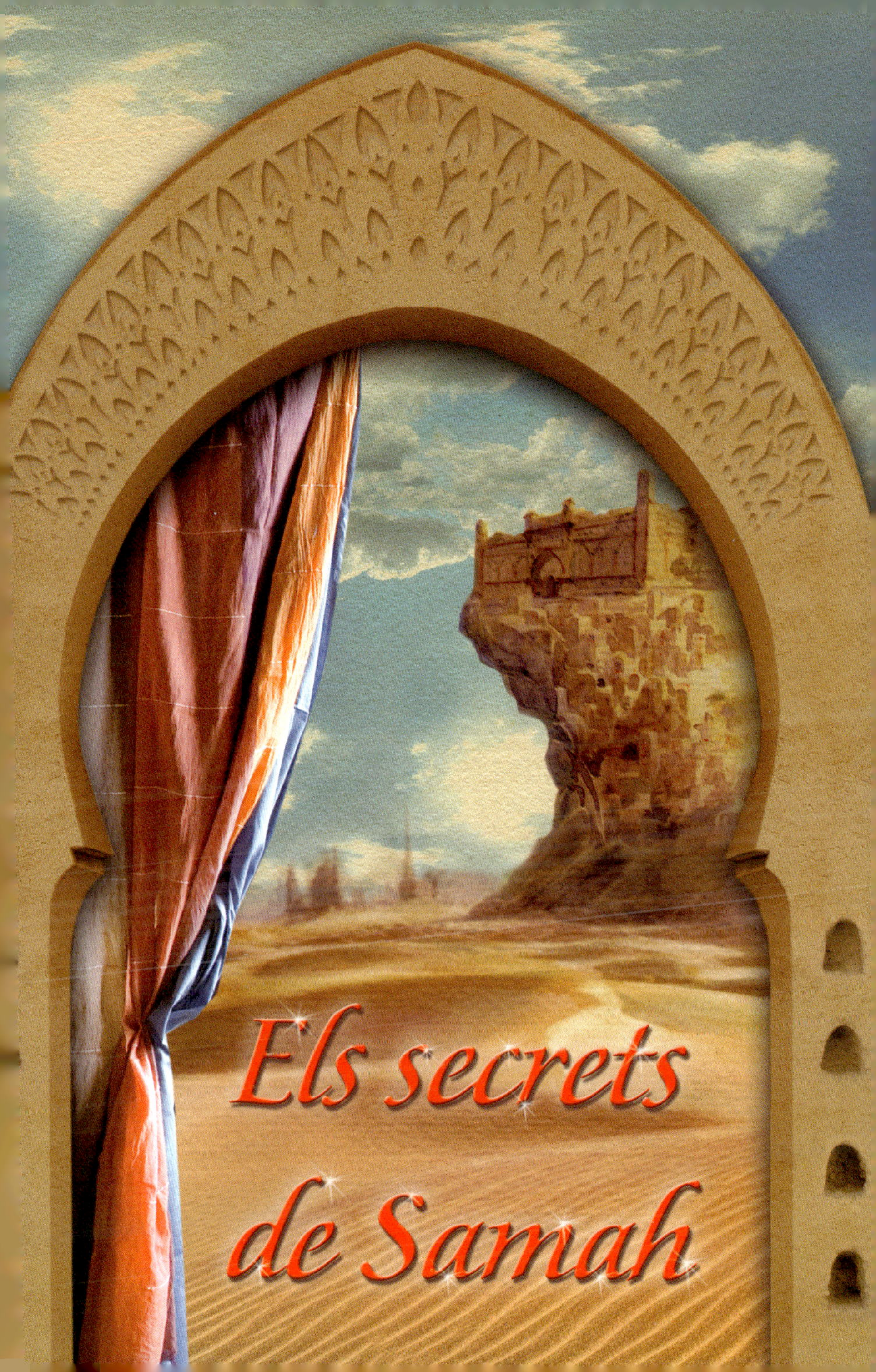
Els secrets
de Samah

El palau de Rocadocre el van pintar en menys d'una setmana gràcies a l'ajuda de tots els habitants de la ciutat.

Tots els colors els van treure d'elements naturals com ara les flors i les espècies. El resultat és un arc iris de tintes càlides que t'omplen els ulls de llum!

L'espiral representa l'aigua...

El portal del palau de Rocadocre és fet amb fusta d'iroc. Als batents hi ha gravats dos símbols: una espiral, símbol de l'aigua, i un cap de rinoceront, que evoca la força i la potència.

El meu avi és molt savi. Una vegada ens va salvar l'hort d'una invasió d'insectes. Com s'ho va fer?

Amb un recl
antic va guiar
l'eixam cap a
altre oasi.

Els meus cosins: Daishan i Armal! Són audaços i valents, però tenen un caràcter que déu n'hi do!

Oi que és meravellosa
la meva euga Amira? És la meva
inseparable companya d'aventures...
i una guia valuosa en la immensa
extensió del Desert dels Murmuris!

Les babutxes són el calçat més habitual al Regne del Desert. Jo en tinc trenta parells ben bé..., però sovint m'agrada treure-me-les per caminar amb els peus descalços.

L'heu reconeguda? Sí, i tant! La meva germana Nives en té una de semblant a la seva estança. A primera vista sembla una catifa normal, però, en realitat, és un objecte molt especial...

Van construir Rocadocre en un turó perquè quedés arrecerat de les tempestes de sorra del desert!

La Font de les Meravelles proporciona aigua cristal·lina a la ciutat. Em sabríeu dir d'on vénen les conquilles que guarneixen la meva banyera? Del Regne dels Coralls, naturalment!

Als voltants de la plaça de Rocadocre hi ha unes cases altes i estretes construïdes amb palla i fang.

Tots els homes que han nascut al Regne del Desert porten turbant.

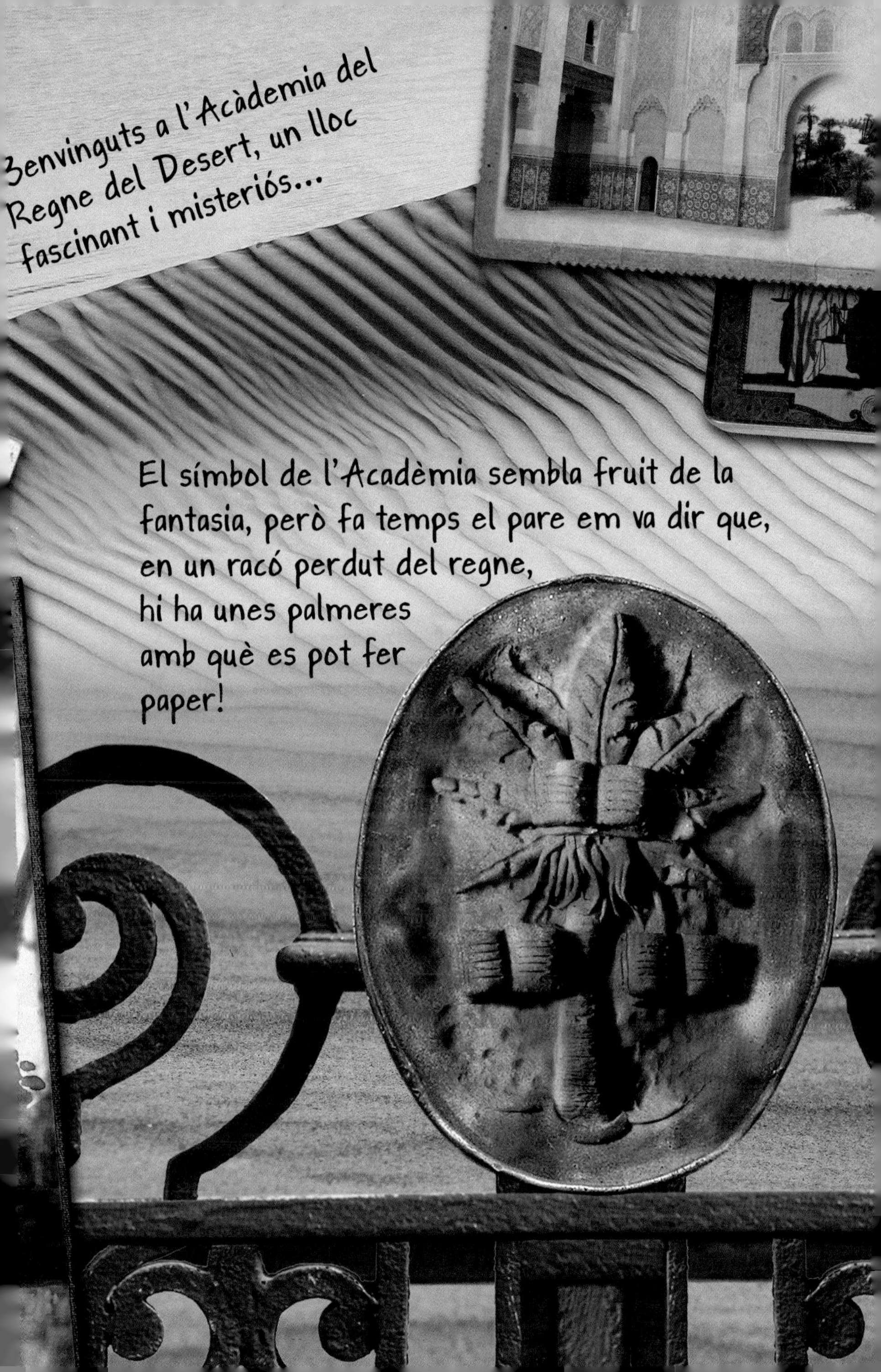

Benvinguts a l'Acàdemia del Regne del Desert, un lloc fascinant i misteriós...

El símbol de l'Acadèmia sembla fruit de la fantasia, però fa temps el pare em va dir que, en un racó perdut del regne, hi ha unes palmeres amb què es pot fer paper!

Al mercat, s'hi
troben objectes
curiosos...

M'encanta passejar entre les parades del Mercat de les Sorres! Els perfums que provenen dels sacs d'espècies em parlen de terres llunyanes i carregades de misteri... I, a més, els mercaders expliquen històries que corren de boca en boca i donen vida a històries sempre noves.

...com les carbasses: se'n poder fer vaixelles, bols i contenidors de tota mena.

DOLÇ DE DÀTILS

(Per a 4 persones)
250 g de dàtils
120 g d'ametlles
140 g de sucre
4 clares d'ou

Traieu el pinyol dels dàtils, tritureu-los i barregeu-los amb les ametlles picades ben fines. En un bol, barregeu el sucre, els dàtils, les ametlles i les clares d'ou a punt de neu. Aboqueu la pasta en un motlle de pastisseria i coeu-la a 180°C durant mitja hora.

El jardí és un lloc especial de debò: hi creixen totes les varietats de plantes típiques dels climes càlids.

[...continua de la pàg. 152]

la imatge de la làmina i les paraules que Daishan va mormolar sorprenent-se a si mateixa:

–La làmina corre perill... l'he de trobar a temps... Me l'emportaré i el regne se salvarà. Samah no es penedirà d'haver-me revelat el secret dels Pendents Desolats.

Mentre la seva veu ressonava en les parets del pou, la noia va entreveure una claror tènue uns quants metres més avall. Va comprendre que ja s'acostava a la sortida del conducte i es va apressar: el seu cor anava més de pressa que ella.

Amb un últim esforç, la noia va anar a parar darrere d'una mata d'hibisc que hi havia en un racó del pati. Encara es veien les estrelles en la foscor del cel, senyal que la nit tot just començava el seu recorregut.

La noia es va eixugar la suor del front i es va arraulir darrere la planta per recuperar l'alè. Ara que havia aconseguit sortir de l'estança, es plantejava un altre problema: com arribaria als Pendents Desolats?

«Necessito un cavall», va pensar.

Però els estables de la cort, els vigilava Kel-Radek, el cavallerís, que tenia el son més lleuger que els cavalls. El risc que la descobrís era massa elevat. Havia de trobar una altra manera!

De sobte, es va recordar que la família de Yuftén havia arribat a Rocadocre amb un cavall. N'estava segura; el dia que l'havia conegut, els pares i el germà de Yuftén havien entrat a la ciutat en un carret tirat per un cavall. Aquell record li va il·luminar el rostre. «Perfecte», va pensar. «Podria funcionar».

La noia va respirar fondo i va anar ràpidament cap a la portalada d'iroc.

Al cap d'un instant, ja corria pels carrerons de Rocadocre, deixant enrere el palau adormit.

20
Alarma a Rocadocre

Feia poc que havia despuntat l'alba quan el gall de Fadil va cantar, i aquell dia tampoc no va ser puntual. Robí Blau va sortir de la seva estança i va anar de dret als estables. Va desitjar un bon dia a Kel-Radek, que feia poca estona que s'havia despertat, i després va anar a buscar el seu meravellós cavall blanc.

Robí el va acariciar, després en va agafar les brides i el va treure a fora. Tenia el cor feixuc. Desafiant la prohibició de la princesa, havia decidit fer cap a les muntanyes, allà on encara hi havia vestigis de màgia.

Tenia clar que aquesta vegada no podia fracassar.

Quan va entrar al pati central, es va aturar per admirar el palau de Rocadocre per última vegada.

Va passejar la mirada pels requadres de colors llampants que emmarcaven les finestres i després pel pati on havia conegut la princesa Samah. Mentre recorria mentalment els dies que havia passat a Rocadocre, li va cridar l'atenció una taca blava que hi havia en un racó.

Robí s'hi va acostar, encuriosit, i, per a la seva sorpresa, va trobar entre les branques d'un hibisc un xal blau brodat: ben segur que era una peça de roba femenina. Què hi feia, allà?

El xal no era l'única cosa estranya: les branques de l'arbust, trepitjades, deixaven entreveure una obertura a la paret que, a cop d'ull, semblava un conducte de ventilació.

Però les sorpreses encara no s'havien acabat: en mirar al seu voltant, el jove va veure que la portalada de palau estava oberta de bat a bat.

Decidit a esbrinar què havia passat, va agafar el xal i va anar a les estances de la família reial, deixant el cavall ensellat al pati.

~*~

–Princesa, em sap greu molestar-vos, però hi ha una cosa que hauríeu de saber.

La princesa baixava les escales seguida de la donzella que l'havia anat a avisar a petició de Robí Blau.

–Digueu-me de què es tracta –li va demanar ella.

–Fa poca estona, quan sortia per anar al mercat, m'he aturat a admirar la bellesa del vostre palau –li va començar a explicar Robí.

–I què? –va dir Samah, fent una mirada perplexa al cavall blanc que hi havia lligat al patí. Quina necessitat hi havia d'agafar-lo si només volia anar al mercat?

–Mireu què he trobat –va dir el jove tot mostrant el xal a Samah.

Ella es va posar una mà a la boca, atònita.

–Però si és de Daishan! On l'heu trobat?

–Seguiu-me, que us ensenyaré el que he descobert.

Robí va conduir la princesa fins a la planta d'hibisc, li va mostrar el conducte de ventilació i, fins i tot, la portalada oberta de bat a bat.

Samah va murmurar amb un fil de veu:

–Daishan... ha fugit? Com és possible?

Després es va sobreposar i va córrer escales amunt cridant:

–Cosí! Cosí, vine de seguida... Ha passat una cosa terrible!

La donzella es va afanyar a despertar Armal mentre Samah, seguida de Robí, entrava corrents a l'estança de Daishan.

Quan va obrir la porta, la princesa no es creia el que veien els seus ulls. L'armari estava en un costat i l'antic conducte de ventilació era ben visible i tornava a funcionar des d'aneu a saber quant de temps. Samah va recordar que feia moltíssims anys havia parlat a Daishan de les galeries de ventilació que havia fet construir el Rei Savi per airejar la cort. Com era possible que Daishan se n'hagués recordat després de tant de temps?

L'arribada d'Armal i l'Avi va interrompre els seus pensaments.

–Daishan! –va exclamar el jove–. On és?

Samah va assenyalar la paret de darrere de l'armari i Armal va fer uns ulls com unes taronges i va empal·lidir.

–Mantinguem la calma –va dir l'Avi.

–I comencem la recerca –va afegir el noi–. Qui ha descobert la fugida?

–He estat jo –va respondre Robí, que fins en aquell moment s'havia mantingut en un segon terme.

Armal el va mirar, estupefacte.

–Gràcies per la vostra ajuda, Robí –va dir el vell savi.

–Armal –va ordenar la princesa–, avisa Ajar i Kel-Radek immediatament. Ens hem d'afanyar.

–Si us puc ser útil d'alguna manera... –es va oferir Robí.

–Ja heu fet prou. Us n'estic molt agraïda –el va tallar Samah, que es volia quedar a soles amb la seva família.

–Entesos. En aquest cas, us dono les gràcies per la vostra hospitalitat i em preparo per marxar.

A la princesa li va sorprendre aquella frase. Com s'entén que es preparés per «marxar»? Que no anava al mercat? En aquell home hi havia alguna cosa que no li acabava de fer el pes. Però Daishan havia desaparegut, i ara tenia unes altres preocupacions més greus.

L'Avi va esperar que Robí s'allunyés per reprendre la paraula:

–La trobarem, Samah. Vinga! Provem de reconstruir els últims esdeveniments, ens serà útil.

Samah el va mirar i en va admirar la saviesa i la sang

freda. Encara n'havia d'aprendre moltes coses, de l'Avi.

–Primer de tot, comprovem si falta cap cavall als estables. Si va a peu, no es pot haver allunyat gaire.

–Jo vaig a buscar el noi del mercat –va dir Armal–. Potser ens en podrà dir alguna cosa.

–Saps qui és? –li va preguntar Samah.

–No –va respondre Armal–. Però ho esbrinaré.

–És força alt –li va dir l'Avi–. Porta una túnica fosca i té uns trets afilats. Deu provenir d'algun poble del nord.

Armal va assentir, sense preguntar-se com podia ser que l'Avi conegués el misteriós amic de la seva germana. Però no tenia temps per fer preguntes, havia arribat el moment d'actuar.

21

La tela de Dasín

Mentre Samah comprovava amb Kel-Radek que no faltés cap cavall a l'estable, Armal es va dirigir als carrerons que començaven a animar-se per buscar Yuftén. Després de fer algunes preguntes, va esbrinar que la família del jove dormia al terrat d'una casa prop de la Font de les Meravelles. La va trobar sense dificutats, però es va quedar de pedra en saber que Yuftén també havia desaparegut... a cavall.

–No teniu cap idea d'on pot haver anat?

–Cap ni una –va dir la seva mare, preocupada.

El pare es va tornar vermell com un pigot.

–Si l'arreplego! Deu haver anat a fer un tomb i ens ha

deixat sols precisament l'últim dia del mercat! Per què el busqueu, vós?

Va ser llavors que Nuasef va confessar als seus pares:

–Em va dir que s'havia enamorat de la noia del nèctar de préssec, Daishan.

–Daishan?! És la meva germana! L'estic buscant!

Els pares de Yuftén no es creien el que sentien. Semblaven torbats i van animar el seu fill a continuar parlant. Nuasef els va mirar, avergonyit, i va prosseguir:

–La va invitar a venir amb nosaltres al poble... Esperava tenir el permís de la princesa per dir-vos-ho. Però hi ha una cosa que no entenc: ell no es volia escapar, volia marxar amb nosaltres.

Armal els va explicar tot el que sabia i els va prometre que faria els possibles per localitzar-los.

–Els trobarem, ja ho veureu! No podran anar gaire lluny!

Després va tornar a palau i va organitzar l'expedició de recerca amb l'ajuda d'Ajar i Kel-Radek.

~*~

Mentrestant, l'Avi havia enviat una nota a Samah: *Estic a l'estança de Dasín, vine. Has de veure una cosa.*

La tela de Dasín

Dasín era la teixidora de la cort; era una dona molt vella, però les seves mans, que havien teixit les històries més belles del regne, encara eren agilíssimes. Rarament sortia de la seva estança perquè tenia dificultats per desplaçar-se; tot i així, sense moure-se'n, sabia descriure amb el seu teler el que succeïa a fora. Ella assegurava que el vent li portava les històries, i que ella es limitava a representar-les. Potser les seves teles explicaven històries que encara s'havien de fer realitat.

L'estança de Dasín donava al desert i era molt lluminosa; el sol, que feia poc que havia sortit, es reflectia en els cabells blancs de l'anciana teixidora que treballava al seu teler, asseguda en l'única cadira que hi havia a palau.

Així que va advertir

una presència darrere seu, Dasín es va girar cap a la porta, que sempre deixava oberta, fins i tot de nit.

–Princesa, m'alegro de veure-us! –va exclamar.

–Benvolguda Dasín, he fet venir Samah perquè vegi el que esteu teixint –li va explicar l'Avi.

–Oi tant! Ja podeu mirar la meva tela.

La princesa i l'Avi s'hi van acostar.

El tapís, encara inacabat, representava amb uns trets simples i estilitzats un home que duia un turbant daurat i tenia uns ulls que irradiaven reflexos incandescents i un somriure inquietant. Al fons hi havia un altre home, a cavall, que s'allunyava d'un edifici imponent de color de sorra.

–Saps qui són? –va preguntar l'Avi a la néta.

–Ho ignoro –va respondre Samah, pensativa.

–Què et suggereix aquest lloc?

–El tipus d'arquitectura m'és familiar. No està gaire ben definida, però em sembla que és l'Acadèmia del Regne del Desert.

–Jo també ho he pensat.

–Sí –va confirmar la princesa–. Fa molt de temps que no hi vaig, però, si la memòria no m'enganya, és l'Acadèmia. Què significa, això?

–No ho sé.

–Vols dir que l'home de la mirada de foc té res a veure amb la fugida de Daishan?

L'Avi semblava concentrat provant de relacionar les pistes.

–Podria ser un mercader –va ser la hipòtesi de Samah.

–No és normal que els mercaders portin turbants daurats.

–Tens raó. Però no se m'acut res més...

S'ho va rumiar una estona.

–I si els ha segrestat l'home que va a cavall? Potser han fugit i ell els ha capturat.

–És una possibilitat. Fixa't en la muntura que hi ha al fons: és blanca.

Samah va tenir un sobresalt.

–Ròbí Blau? –va suggerir l'Avi.

–Podria ser.

–I l'hem deixat marxar. Que saps on anava?

–A la recerca de... d'un objecte que es pensava que trobaria a Rocadocre.

–Saps de què es tractava?

–No –va admetre la princesa–. No l'hi vaig preguntar.

–N'estàs ben segura, que buscava un objecte i no una persona? –va insistir l'Avi.

–No –va murmurar Samah–. Però, per quin motiu hauria buscat Daishan?

–Què vols fer?

–Baixem al peu del turó, on han acampat els mercaders. Potser algun d'ells ha vist Robí Blau o el misteriós home del turbant daurat. Què et sembla?

–Sí, ho podem provar. Hem de mantenir els ulls ben oberts i recórrer tot el campament. Potser han segrestat Daishan i Yuftén i els retenen en una de les tendes que hi ha al peu del turó.

–Gràcies, Dasín. Ens n'anem.

Samah i l'Avi es van dirigir cap a la porta amb el tapís misteriós gravat a la memòria.

~*~

Mentrestant, al pati de palau, Armal havia organitzat tres expedicions: Ajar, el guia del desert, aniria cap al sud, als confins més remots del regne; Kel-Radek, el cavallerís, aniria cap al nord-est; i ell i Samah anirien cap al nord-oest, en direcció a la Plana Verda, i després resseguirien el curs del Riu de les Meravelles fins a la desembocadura. Mentre organitzava els grups de recerca havia descartat els Pendents Desolats, a l'oest, massa escarpats i perillosos perquè els dos joves haguessin seguit aquella direcció.

«Daishan va parlar del mar», pensava Armal. «Potser se n'ha anat cap allà amb Yuftén». Potser els trobarien sans i estalvis en algun oasi al llarg del camí: era possible que el jove mercader en conegués algun.

Se'ls imaginava perduts i indefensos, amb tots els perills amb què podien topar: els escorpins tigrats, les rates pinyades gegants... Tot i que es deia que no atacaven les persones, només de pensar que la seva germana pogués ensopegar amb aquells animals horribles li venien esgarrifances.

Havia de marxar immediatament!

Finalment, va arribar Samah muntada en Amira. Ella i l'Avi tornaven del campament del peu del turó, però l'única informació que havien aconseguit era que Robí havia passat per allà poc després de l'alba, i això ja ho sabien.

–Armal, si no et sap greu, tu i jo anirem cap al nord-est –li va anunciar Samah. L'únic indici que tenien era la imatge de l'Acadèmia del Regne del Desert.

Armal la va mirar, perplex:

–Com és això?

–M'estimo més seguir aquesta pista.

El noi va comprendre que Samah en duia alguna de cap i va callar. Es moria de ganes de posar-se en marxa.

22
L'Acadèmia del Regne del Desert

Els quatre genets es van donar cinc dies i cinc nits per trobar Daishan i Yuftén. Després, tornarien a Rocadocre per decidir com havia de continuar la recerca.

Ajar va emprendre dos dies de marxa entre les dunes i va topar amb una de les tempestes de sorra que sovint fuetejaven el desert. Es va veure obligat a acampar en un oasi a recer del vent, fins que va amainar la tempesta.

Va prosseguir fins al desert rocós i allà va decidir recular, perquè va considerar que era impossible que els joves haguessin anat més enllà.

Kel-Radek es va dirigir al nord-oest, seguint l'itinerari que inicialment haurien d'haver seguit Armal i la princesa. Va interrogar tots els vianants amb els quals es trobava pel camí, provant de descriure com bonament podia Daishan i el poc que sabia de l'aspecte de Yuftén. Però ningú no li va donar ni la més mínima informació. El tercer dia va albirar els arbres majestuosos que clapejaven la Plana Verda i va decidir aturar-se a demanar informació en tots els pobles dels confins: Samah li havia dit que la família de Yuftén provenia d'aquella zona. Però allà tampoc no hi va trobar cap rastre del seu pas.

La princesa i Armal van travessar el Desert dels Murmuris en direcció al nord, però no van tenir més sort que els altres. El tercer dia, quan ja es començaven a desesperar, van veure com en l'horitzó tremolós de la calitja es perfilava la silueta d'un edifici del mateix color que la sorra.

–Mira! L'Acadèmia! –va exclamar Samah.

Va esperonar la seva muntura perquè anés al galop i Armal la va imitar.

Un vent ardorós els fuetejava els ulls allà on els xals no arribaven a protegir-los.

Com per obra de màgia, el vent va minvar a mesura que s'hi acostaven, i el perfil de l'Acadèmia va quedar més ben dibuixat.

L'Acadèmia era famosa als Cinc Regnes pel prestigi

dels erudits que hi ensenyaven i que hi portaven a terme les seves investigacions. Samah havia estat a l'Acadèmia de petita, en companyia del seu pare. Ara hi tornava esperançada, però alhora espantada perquè li feia por trobar-hi les respostes que buscava. No es treia del cap el tapís de Dasín amb aquells personatges misteriosos que la dona havia teixit al teler.

Samah va pensar en Robí Blau, que havia aparegut a Rocadocre muntat en un corser blanc i després havia desaparegut en un tancar i obrir d'ulls. Era ell el genet que hi havia dibuixat al tapís de Dasín? Quina relació podia tenir amb l'Acadèmia? I qui devia ser aquell home amb la mirada de foc i el turbant daurat?

Amb tot aquell garbuix de preguntes que li giraven al cap, se sentia al centre d'un autèntic remolí.

~*~

Tots dos cosins van aturar els cavalls davant la reixa de ferro sobre la qual ressaltava el blasó de l'Acadèmia: l'emblema representava la Palma del Coneixement, una planta llegendària que produïa llibres a més de fruits.

Darrere la reixa, s'hi veia un jardí florit, i més enllà s'alçava l'edifici: era majestuós, de tres pisos, amb unes àmplies finestres amb arcs ogivals i un portal sostingut per unes columnetes en espiral. La porta de fusta massissa, tota treballada amb símbols i al·legories al saber, estava tancada.

No s'hi veia ni una ànima.

Samah i Armal van veure a tocar de la reixa un gong amb una maça penjada al costat. Tots dos es van intercanviar una mirada. Després, el noi va desmuntar, va agafar la massa i va picar amb força el plat de bronze.

Poc després, de la portalada de l'Acadèmia, en va sortir un home baixet i prim. Anava vestit de blanc i un turbant enorme li cobria el cap.

L'home va travessar ràpidament el jardí i va escrutar els dos nouvinguts amb uns ullets astuts.

–Què desitgeu?

La princesa va respondre per tots dos:

–Sóc la princesa Samah i ell és el meu cosí Armal. Hem vingut per parlar amb el director de l'Acadèmia.

–Espereu-vos aquí, si us plau –va dir l'homenet.

Va desfer els seus passos i va desaparèixer darrere la porta de l'edifici.

Samah i Armal van esperar uns minuts, i després, en veure que l'home no tornava, el noi va comentar:

–Em sembla que perdem el temps.

–Ja som aquí. A veure si podem esbrinar alguna cosa –va xiuxiuejar Samah.

En aquell moment, l'homenet del turbant blanc va tornar i va obrir la reixa amb una clau que duia penjada al coll.

–Podeu deixar els cavalls allà –els va dir, indicant-los un racó ombrós del jardí–. Ara vindrà algú que se'n cuidarà i els abeurarà.

–D'acord, gràcies.

Tots dos van lligar les brides al lloc on els havien dit i es van posar a caminar darrere el porter.

Després de traspassar el portal, Samah i Armal es van aturar, estupefactes: es trobaven en un atri gegantí, amb rajoles de marbre, i al centre hi havia una gran font sobre la qual s'elevava una esfera immensa. I no era solament això: tot i que des de l'exterior no s'hi veia ningú, l'interior era ple a vessar de persones que caminaven amb uns volums molt gruixuts sota els braços.

En aquell moment, la princesa va recordar les paraules del seu pare, el Rei Savi, que descrivia l'Acadèmia com un lloc ambigu, on podien conviure el Bé i el Mal, on podien entrar-hi artificis, verins i màgia amb el pretext que els havien d'estudiar uns professors molt respectats.

–D'on deu sortir tanta gent? –va preguntar Armal, sorprès.

–És increïble! –va exclamar la princesa.

–Seguiu-me –els va dir el guia.

La princesa i Armal van pujar al primer pis i van recórrer un passadís on hi havia una filera de portes de fusta blanca. Totes donaven a unes estances espaioses, les unes plenes de plantes que estudiants i professors observaven amb atenció, les altres ocupades per unes taules molt grans plenes de recipients i alambins de vidre on bullien uns líquids de colors.

Al final del passadís, l'homenet va trucar tres cops a una porta tancada i després la va obrir.

–Entreu, si us plau –va dir als dos visitants, abans de tornar-se'n a les seves ocupacions.

23
L'home del turbant daurat

Samah i Armal es trobaven en una estança gran i lluminosa, amb unes prestatgeries de llibres molt feixugues adossades a les parets i una taula de fusta fosca al centre, amb algunes cadires. Hi havia una butaca entapissada girada cap a una finestra que oferia un panorama extraordinari del jardí i el desert.

De la butaca, se'n va aixecar un home amb una barba cuidada que tenia uns ulls grossos i rodons. Ell, com el porter, també anava totalment vestit de blanc, tret del turbant daurat que duia al cap.

Samah va obrir molt els ulls: era el mateix turbant de la tela de Dasín! Però no era la mateixa persona que hi havia representada al tapís, d'això n'estava segura.

L'home es va acostar a la princesa i li va fer una petita inclinació. Era de complexió robusta, tenia les manetes rodanxones i als canells hi duia molts braçalets. A més, exhibia un anell amb una pedra negra molt grossa.

–Princesa Samah, per a mi és un gran honor tenir-vos com a hostes a vós i al vostre cosí! –li va dir amb veu mel·líflua–. Em dic Jom Runi i sóc el director de l'Acadèmia. A què dec el plaer de la vostra visita?

–Busco la meva cosina, que va desaparèixer de Rocadocre fa uns quants dies.

–La vostra cosina?

–Es diu Daishan. Té divuit anys i crec que viatja amb un noi que es diu Yuftén. Un mercader.

–Em sap greu, però aquí no la trobareu. Ja us deveu haver fixat que en aquest edifici no hi ha cap dona, tret de vós... –li va dir amb una rialleta sorneguera–. Sigui com sigui, ningú no entra ni surt de l'Acadèmia sense que jo n'estigui al corrent. I, malauradament, dels vostres amics, no n'he sentit a parlar.

Samah va abaixar la mirada, decebuda.

–Confiava en la vostra ajuda, director.

–Per vós i només per vós, ordenaré que facin un control extraordinari.

–Us ho agraeixo.

Samah i Armal es van asseure a la taula mentre el director era a la porta, xiuxiuejant unes paraules a un servent. Al cap de poc va tornar amb ells.

–Aviat me'n donaran una resposta. Estic molt afligit per la desaparició de la vostra cosina; estaré encantat d'ajudar-vos a trobar-la en la mesura que pugui... Sobretot perquè, últimament, jo també he patit la desaparició de dos dels meus col·laboradors més valuosos.

–De debò?

–Desgraciadament, sí. El primer es va embarcar fa uns quants mesos i no ha tornat. Ni ell, ni els seus companys de viatge. Es deia Kaliq Zaba.

–No el coneixem; si hagués passat per Rocadocre n'hauríem sentit a parlar.

–És clar. De totes maneres, tal com us he dit, ja hem perdut l'esperança de tornar-lo a veure. Els temps han canviat, princesa: els astròlegs han vist presagis obscurs al nostre cel.

Samah i Armal van assentir en silenci.

–Cal que siguem molt prudents –va prosseguir Jom Runi–. No fa gaires setmanes que vaig donar aquest mateix consell a un altre col·laborador de confiança que també ha desaparegut. Una gran pèrdua, perquè era un buscador excel·lent. Es deia Robí Blau.

–El coneixem! –va exclamar Armal impulsivament–. Ha fet estada a Rocadocre!

–De debò? Quina bona notícia!

–Ens va dir que buscava un objecte –va dir Samah.

–Sí, ja ho sé.

–Sabeu de què es tractava?

–Em sembla que em va parlar d'una làmina de plata molt fina.

Samah va empal·lidir. L'única làmina de plata que coneixia era la que estava amagada als Pendents Desolats i tenia gravada l'estrofa de la Cançó de la Son que li va confiar el seu pare després d'haver dividit el Gran Regne. Era possible que es tractés d'aquella làmina?

La princesa va provar de recapitular la situació.

La làmina estava amagada als Pendents Desolats, però ningú no estava al corrent de la seva existència... Ningú a part de Daishan! Havia estat precisament ella, Samah, qui li havia revelat aquell secret tan important, pocs dies abans que la seva cosina desaparegués misteriosament.

Ara la princesa acabava de descobrir que Robí Blau havia anat a Rocadocre per buscar aquella làmina. I si havia estat ell qui havia segrestat Daishan? En el fons, havia estat el primer d'adonar-se de la seva fugida i havia donat l'alarma; fins i tot s'havia ofert a ajudar-los en la recerca. Una jugada perfecta per simular que no hi havia tingut res a veure i tocar el dos discretament. Però encara hi havia una altra cosa que no quadrava: Robí Blau buscava l'estrofa, d'acord, però quines intencions tenia?

–Què en volia fer, de la làmina? –va preguntar Samah, immediatament.

–L'havia d'entregar a algú, naturalment. Els buscadors com ell són mercaders especialitzats que es dediquen a buscar objectes per encàrrec dels erudits que treballen aquí o a petició d'alguna altra personalitat relacionada amb les activitats de l'Acadèmia.

–Sabeu per a qui buscava aquesta làmina?

–Malauradament, no. Cada mercader fa tractes directament amb la persona que requereix els seus serveis. Per tant... podria ser qualsevol.

Samah estava confosa. Si la desaparició de Daishan estava relacionada amb Robí Blau, com s'explicava que Yuftén també hagués desaparegut?

L'home del turbant daurat

Mentre aquests pensaments dansaven dins la ment de la princesa, un home es va acostar a Jom Runi i li va xiuxiuejar alguna cosa a cau d'orella.

Un llampec d'estupor va travessar la mirada del director, però es va apagar ràpidament.

–Em sap greu –els va anunciar–, però no us puc donar cap bona notícia: aquí ningú no en sap res de la vostra cosina ni del seu amic.

Samah es va aixecar de cop i va dir:

–Heu estat molt amable, director. Us dono les gràcies de tot cor per la vostra ajuda.

–És un deure, princesa. Si m'assabento d'alguna cosa, no dubtaré a enviar-vos un missatger i...

–Gràcies –el va tallar Samah. Però després, quan ja era al llindar de la porta, es va aturar i li va dir:– Us vull demanar una última cosa.

–Només cal que m'ho digueu.

–M'ha cridat molt l'atenció la riquesa del

vostre turbant –li va dir, falaguera–. M'imagino que és un senyal distintiu del vostre càrrec...

–En efecte, el turbant daurat és un honor que es concedeix als personatges il·lustres de l'Acadèmia, ja siguin professors o benefactors.

–I... qui són els benefactors?

–Són persones que estimen la cultura i que donen una part del seu patrimoni a la nostra institució, per finançar les nostres recerques. Els benefactors són molt nombrosos i viuen en tots els Cinc Regnes.

Samah va buscar un fil conductor que relacionés les informacions que tenia, però encara eren massa poques perquè tot plegat tingués cap sentit.

–Teniu una llista dels benefactors?

–Us la puc proporcionar, si convé. Però necessitaré uns quants dies per fer-la.

–Sí que convé, i molt. Gràcies per la vostra col·laboració.

~*~

A la part de fora de la porta d'entrada, en la frescor del jardí de l'Acadèmia, Samah i Armal van tornar a muntar els seus cavalls.

–Hi ha una cosa rara, Armal. Abans de marxar, l'Avi em va ensenyar la tela que teixia Dasín: representava un home amb un turbant daurat idèntic al del director. La cara no era la de Jom Runi, però darrere seu hi havia l'Acadèmia i un altre home que s'allunyava muntat en un cavall blanc.

–Robí Blau!

–Sens dubte. Ara ja hem confirmat que Robí Blau portava a terme una missió per encàrrec de l'Acadèmia. Però encara no sabem qui li va encarregar la recerca de la làmina.

–Potser la llista dels benefactors ens servirà d'ajuda...

–No crec que el director s'escarrassi gaire per fer-nos-la arribar. No m'ha fet gaire bona impressió –va comentar la princesa.

–Samah...

–Què?

–En saps res, de la làmina de plata de què ha parlat el director?

–Malauradament, sí. I tinc un mal pressentiment. Hem de tornar a Rocadocre al més aviat possible.

–Seria més assenyat descansar, cosina.

–No ens ho podem permetre. Ens hem d'afanyar. El Regne del Desert corre perill.

Van deixar enrere la reixa amb l'emblema de l'Acadèmia i van emprendre el camí de tornada a casa apressadament.

Esperaven de tot cor que, mentrestant, Daishan i Yuftén ja hi haguessin tornat.

Però, a Rocadocre, els esperava una sorpresa que no es podien imaginar de cap de les maneres.

Segona Part

24
Una sorpresa de les illes

Samah i Armal estaven extenuats. Havien cavalcat durant dos dies seguits; només s'havien aturat per abeurar els cavalls i deixar-los descansar una estona. Tornaven a casa amb una sèrie d'informacions que encara no havien pogut relacionar.

Samah no podia deixar de pensar en l'estrofa: la sola idca quc pogués caure en mans equivocades la terroritzava.

–Tu creus que la recerca de Daishan i Yuftén haurà arribat a bon port? –va preguntar Armal mentre travessaven els carrerons de Rocadocre.

–No t'ho sabria dir. Tant de bo –va dir Samah, no gaire convençuda.

–Doncs a mi em sembla que no.

–La veritat és que aquesta història és cada vegada més complicada... Hi ha massa coses que no quadren.

–Com allò de la làmina de plata, oi? T'has posat pàl-lida quan el director l'ha esmentada.

Samah es va quedar en silenci un instant, i després va dir apressadament:

–És un objecte fonamental per a la pau del regne. Només cal que sàpigues això.

–Et fa por que l'hagi robada Robí Blau?

–Robí... O la teva germana. Ella sabia on estava amagada.

–Daishan no és cap lladre!

–Potser no. Però abans d'estudiar altres hipòtesis hauré de comprovar que la làmina de plata continua al seu lloc.

–Si vols, t'hi acompanyo.

–Gràcies, Armal, però... què és aquest xivarri? –va preguntar la princesa mentre creuava el portal.

Al pati del palau de Rocadocre hi havia un gran bullici.

–Oh, ja heu tornat, estimats néts! –va exclamar l'Avi.

–Què passa?

–T'espera una gran sorpresa, Samah. Mentre eres fora han arribat dues persones.

Samah va tenir un rampell d'alegria, pensant que Daishan havia tornat.

La gentada es va obrir mentre baixava del cavall. Sota el pòrtic, prop de l'entrada de les termes, hi havia un noi i una noia... però no eren Daishan ni Yuftén.

Ell era alt, atlètic i molt ros. Ella, en canvi, tenia una llarga cabellera pèl-roja rinxolada que li arribava a la cintura. Així que va veure la princesa es va posar una mà a la boca i va córrer a abraçar-la.

–Samah!

La princesa no es creia el que veien els seus ulls.

–Kalea? Ets tu, de debò? –li va preguntar estrenyent-la ben fort–. No m'ho puc creure, germaneta!

–Sí, Samah. Sóc jo! Quant de temps ha passat! T'he trobat tant a faltar!

–Jo també! No ha passat ni un dia que no pensés en tu!

Després, totes dues germanes es van contemplar molta estona. Havien crescut, estaven canviades, però en el fons eren les de sempre. A Samah se li va escapar un somriure quan va veure els peus descalços de Kalea. De qui devien haver heretat aquella antipatia per les sabates?

–Van arribar el mateix dia que vas marxar –li va dir l'Avi.

–Vaig sentir la teva veu des del jardí –li va explicar Kalea–. Semblava que tenies pressa. I cridaves el teu cosí.

–Sí, ha passat una cosa terrible. Però, digues, com és que has vingut i... qui és ell? –va preguntar Samah, assenyalant el jove que l'acompanyava.

–És una història molt llarga... –va respondre Kalea–. Et presento Gunnar, Príncep del Gels. És el marit de la nostra germana Nives.

–Nives s'ha casat?!

–Sí. Jo també fa molt poc temps que ho sé. Des que Gunnar va venir a Flordoblit, al Regne dels Coralls.

Samah no entenia res i mirava la seva germana amb una expressió interrogativa.

–Gunnar ha fet un viatge molt llarg, junt amb Haldorr, el bibliotecari, te'n recordes?

–Sí, i tant! El meu estimat Haldorr!

En aquell moment, Gunnar va fer un pas endavant.

–Estic molt content de coneixe-us, princesa Samah –li va dir, fent una inclinació.

–El plaer és meu, príncep Gunnar.

Gunnar va fer un somriure tímid. Encara no s'havia acostumat que l'anomenessin príncep. I potser no s'hi acostumaria mai.

Perquè els hostes se sentissin més còmodes, Samah va proposar d'anar a un dels salons del primer pis.

Els va guiar seguida de la seva germana, Gunnar, Armal i l'Avi. De tant en tant, es girava per assegurar-se que la seva germana era realment allà, amb ella. Estava tan contenta d'haver-la retrobada que no s'ho acabava de creure... tot i que ja s'imaginava que, tenint en compte el jurament que havien fet, la seva presència no augurava bones notícies.

Quan Kalea va entrar a la Sala de la Volta Celeste, es va emocionar.

–Jo ja hi havia estat, aquí, me'n recordo. Era petita, però no he pogut oblidar la bellesa d'aquest sostre.

–Te'n recordes? Hi veníem totes cinc juntes i després sortíem a comprovar que les estrelles del cel fossin iguals que aquestes. Encara ho fas?

Samah va assentir.

–Ai, com m'agradaria que també fossin aquí Nives, Diamant i Iara! –va exclamar Kalea, amb els ulls plens de llàgrimes.

–Ànim, germaneta. Ja veuràs que molt aviat ens reunirem totes –li va respondre Samah fent-li una abraçada.

–Però ara ens hem d'ocupar d'un problema molt urgent –la va interrompre Gunnar, cosa que va cridar l'atenció de tothom–. Vaig anar a trobar-me amb Kalea al Regne dels Coralls perquè el Regne dels Gels Eterns havia sofert un atac.

–Com? De qui? –va preguntar Samah.

–Del fill del Vell Rei.

–El Vell Rei té un fill?! –va exclamar Samah, atònita.

–Sí. No ho sabia ningú, fins que es va presentar a Arcàndida amb una identitat falsa, i va festejar Nives afirmant que s'hi volia casar –va explicar Kalea.

–Quin home tan menyspreable! –va exclamar Samah.

–Més que menyspreable –va continuar Kalea–. És malvat i té una gran set de venjança pel que el nostre pare va fer al Vell Rei i a tota la seva cort.

–Al Regne dels Gels Eterns es va aliar amb el nostre pitjor enemic, Calengol, i va provar de robar l'estrofa de Nives –va afegir Gunnar.

Samah es va portar les mans a la boca:

–I se'n va sortir?

–Afortunadament, no. Però va anar de ben poc.

–I després va venir a Flordoblit, fent veure que era un pescador i allà, malauradament, va aconseguir el seu objectiu. Ara ja té una estrofa: la meva.

Samah va sacsejar el cap.

–Tant de bo que no en tingui dues, a hores d'ara!

–Què vols dir?

–He d'anar immediatament a comprovar si la meva estrofa encara és al seu amagatall. Em fa por que no ens l'hagin robada.

–I això tan terrible que comentaves abans? Em pensava que et referies a Daishan... Ja ens han explicat el que ha passat.

Samah va fer que sí.

–És possible que totes dues coses estiguin relacionades. Teniu cap idea d'on pot ser? L'hem buscat pertot arreu, però...

–No l'hem trobada enlloc –va dir l'Avi, que va informar la seva néta del resultat de les recerques d'Ajar i Kel-Radek.

–Hem d'esbrinar immediatament si l'estrofa encara és al seu lloc i si el Príncep sense Nom té res a veure amb la desaparició de Daishan –va proposar Gunnar.

Samah va assentir, decidida. Els va parlar breument de Robí Blau i del que havia passat a l'Acadèmia del Regne del Desert i després va afegir:

–Sabeu què farem? Jo aniré a comprovar que l'estrofa encara hi sigui, vosaltres torneu a la ciutat. Armal: mira d'esbrinar si algú ha parlat amb Robí Blau i ens sap dir cap a on s'ha dirigit. Potser tindràs més sort tu.

–D'acord.

Van sortir de la sala i es van separar: cadascú tenia una missió per complir.

25
Els Pendents Desolats

Mentre Samah s'encimbellava pels Pendents Desolats muntada a la gropa de la seva fidel Amira, es repetia que no podien haver trobat un nom millor per descriure aquell indret sense vida: no hi havia plantes, ni flors, ni un trist bri d'herba. Algun falcó planava en la llunyania, però ho feia més per jugar amb els corrents ascencionals que per caçar: hi havia ben poques preses. El vent n'era el sobirà, i hi regnava amb el seu xiulet inquietant i misteriós.

Amira avançava ràpidament per aquells pendissos: n'havia tingut prou amb una mirada per notar l'angoixa i la pressa de la seva mestressa.

Tot i que la princesa en coneixia el camí, les tempestes

de sorra que sovint s'abatien sobre aquelles muntanyes provocaven canvis radicals en el paisatge, per això era gairebé impossible orientar-s'hi. Samah només se'n podia fiar fins a cert punt, de la seva memòria; era molt millor deixar-se guiar per l'instint d'Amira, que avançava sense vacil·lacions. Mirés on mirés, la princesa només veia roques. Roques fosques i esmolades.

Finalment, després de recórrer un tram molt llarg que feia molta pujada, Samah i Amira van arribar a dalt del primer cim i van tornar a baixar per un terreny costerut i accidentat, on els cascos de l'euga amb prou feines podien mantenir l'equilibri. Després van anar a parar a una zona més plana, flanquejada per dues parets de roca: semblava el congost d'un riu sec.

Aquelles parets eren tan llises que Samah va pensar que en el temps de les grans pluges hi devia córrer molta aigua, en aquella conca.

Els cascos d'Amira feien un ressò que tenia un no-séquè de sinistre.

Samah va amanyagar la crinera de l'euga i li va xiuxiuejar:

–Ànim, Amira, com abans marxem, millor.

L'animal li va respondre amb una esbufegada, va accelerar encara més la caminada i va embocar un sender molt estret. Conduïa fins al segon pic, que era on es dirigien. El va escalar, com havia fet amb el primer, procurant adherir bé els cascos a aquella terra accidentada i costeruda.

Samah va desmuntar, mentre Amira li seguia atentament tots els moviments.

Als seus peus hi havia les cinc pedres que representaven els Cinc Regnes. Es va orientar amb el sol, va alçar la pedra que estava orientada al sud i... una desesperació profunda se li va dibuixar a la cara.

Sota la pedra només hi havia un forat.

De la làmina, no n'hi havia ni rastre.

–Ai, no! L'han robada!

Amb presses, va tornar

a col·locar la pedra al seu lloc mentre les llàgrimes li enterbolien la vista.

Ara n'estava segura: li havien robat l'estrofa.

Però qui havia estat? Robí Blau o... Daishan?

Encara es negava a acceptar la segona possibilitat.

Va muntar Amira i li va xiuxiuejar que tornés a casa més veloç que el vent. Havia de tornar immediatament a Rocadocre.

El Regne del Desert corria perill!

26
A la caça d'informació

Armal, Kalea i Gunnar van anar a buscar els pares de Yuftén i els van trobar a la caseta que donava a la plaça principal. Els altres mercaders ja feia uns quants dies que havien marxat, però ells s'havien quedat a Rocadocre esperant notícies.

Kalea se'ls va presentar com a germana de la princesa Samah, va entrar a la casa i els va fer algunes preguntes amb l'esperança de relacionar la poca informació que tenien sobre la desaparició de la parella. La mare de Yuftén la va acollir afectuosament, però no li va poder dir res que no sabessin.

Només els va dir que, com més temps passava, més pensaments desagradables els ofegaven les esperances.

A la caça d'informació

La Princesa dels Coralls provava de consolar la dona com bonament podia.

–Sé prou bé què significa haver-se de separar de les persones que estimes, sobretot si ho fas contra la teva voluntat. Però heu de tenir confiança: farem els possibles per retrobar el vostre fill i la nostra Daishan.

Menstrestant, Armal, que s'havia quedat a part, al llindar de la porta, amb prou feines podia mantenir la calma. La desconsiderada fugida de la parella havia posat a prova el seu temperament assenyat: «Com és pos-

sible que no comprenguin el dolor que han provocat?», no parava de repetir-se.

La mare va abaixar la mirada i va dir a Kalea:

–Yuftén sempre ha tingut un caràcter rebel. Em sap molt de greu.

–Hem provat de redreçar-lo de totes les maneres però no ens n'hem sortit –va afegir el pare, amb la vista baixa.

–Però no és dolent –va dir el seu germà, que fins llavors no havia parlat–. El problema és que és molt impulsiu i per això sempre es fica en embolics...

Armal es va girar per observar el noiet: devia tenir catorze o quinze anys com a màxim, però els seus ulls revelaven una capacitat de judici molt més aguda que la dels seus coetanis.

–El trobarem –li va respondre.

El noiet va somriure.

Gunnar, que s'esperava fora de la casa, estava capficat en els seus pensaments.

Quan es va enfrontar amb el Príncep sense Nom va aprendre a desconfiar de les aparences i per això, abans de conèixer els pares de Yuftén, s'havia plantejat la hipòtesi que mentissin per encobrir la fugida de Daishan. Al Regne dels Gels Eterns, el Príncep havia utilitzat un ésser malvat, Calengol, per aconseguir els seus objectius: aquesta vegada hauria pogut manipular Yuftén o la seva família. Ara bé, quan es va presentar davant del matrimoni de mercaders i va llegir als seus ulls el dolor que sentien, totes les sospites que tenia es van esvair. I va tenir la mateixa sensació en escoltar les paraules del fill petit, Nuasef.

Es va fer la promesa d'estudiar també els ulls de Yuftén quan el trobés.

D'una cosa sí que n'estava segur: si el Príncep sense Nom tenia res a veure amb aquell fet, s'havia tornat a burlar d'ells esborrant el seu rastre.

Kalea va continuar fent preguntes, però no va esbrinar res; només al final de la visita, gairebé per casualitat, la mare de Yuftén li va explicar un detall que també va cridar l'atenció de Gunnar i Armal, i que havien de comunicar a Samah al més aviat possible.

27
Els mercaders de la ciutat

Quan va tornar dels Pendents Desolats, la princesa Samah es va trobar amb Gunnar, Kalea i Armal, que feien petar la xerrada al pati.

–Ja sóc aquí –els va dir amb veu seriosa.

Gunnar i Armal van comprendre immediatament que no portava bones notícies.

–I doncs? –li va preguntar Kalea, ansiosa, tot i que mai no perdia l'esperança.

–L'estrofa no hi és. Ens l'han robada.

Al pati es va fer un gran silenci.

–És a dir, que correm perill? –va preguntar Armal, trencant la quietud.

–Em temo que sí.

Samah va mirar el seu cosí i es va penedir de no haver-l'hi explicat tot. Armal era un noi assenyat, que es mereixia plenament la seva confiança.

–Armal, em sembla que ha arribat el moment d'explicar-te la història de la làmina i del significat que té per als Cinc Regnes.

–Ja l'hi he explicat jo, Samah –va dir Kalea, una mica tallada–. Perdona'm, et pertocava a tu aquest deure, però he pensat que Armal ho havia de saber.

Tots es van quedar en silenci a l'espera de la reacció de Samah.

–Has fet bé –va dir la noia, a la fi.

Les dues germanes es van somriure. L'una al costat de l'altra resplendien com dues gemmes precioses.

–És just –va continuar dient Samah, amb la mirada posada en Armal–. I també és una manera de reunir la nostra família...

Aquell *nostra* la va fer sentir una mica menys sola davant de l'amenaça del príncep malvat.

–Heu parlat amb els pares de Yuftén? –va preguntar, després–. Heu esbrinat alguna cosa?

–Potser, però no n'estem segurs. Van veure Robí Blau el matí que Daishan va fugir; els va cridar l'atenció el seu aspecte, tan insòlit en aquesta terra.

–On?

–A la plaça principal. Agafava provisions d'aigua i queviures, com si es preparés per emprendre un viatge llarg...

Samah no es va sorprendre: sabia que Robí Blau es preparava per marxar.

–...i hi ha una altra cosa que hauries de saber, Samah –va afegir Kalea–. Pel que sembla, Robí Blau es va interessar pels Pendents Desolats. Hi ha moltes probabilitats que volgués anar cap allà.

Samah es va sobresaltar. Aquelles paraules confirmaven les seves sospites. Però, com s'ho havia fet Robí Blau per saber que la làmina era als Pendents Desolats? Havia arrencat la informació de Daishan? Quan? I, sobretot, com? Desitjava de tot cor que no hagués fet cap mal a la seva cosina i el seu amic.

–Potser el Príncep sense Nom i Robí són la mateixa persona –va ser la hipòtesi de Kalea–. El Príncep sap utilitzar la màgia i pot canviar d'aspecte. És possible que hagi descobert l'amagatall de l'estrofa amb l'ajuda d'un encanteri.

Gunnar no semblava gaire convençut.

–Jo, en canvi, crec que el Príncep sense Nom, o qui treballa per a ell, és aquest noi que anomeneu Yuftén.

Tots es van girar cap al príncep d'Arcàndida, estupefactes. Ell va continuar dient:

–Podria haver convençut Daishan per robar l'estrofa amb un encanteri d'amor, o mitjançant el seu ajudant de confiança, el coleòpter de color cobalt.

–Quin coleòpter de color cobalt?

–Quan ens vam adonar que, d'alguna manera, havien hipnotitzat Nives durant l'estada del Príncep sense Nom a Arcàndida, Haldorr i jo vam fer unes recerques i vam descobrir l'existència d'aquest insecte: és capaç de xiuxiuejar una mena de lletania a l'orella de les persones que dormen i, d'aquesta manera, els controla la voluntat segons la seva conveniència.

–És terrible! –va exclamar Samah–. I està al servei del Príncep?

–N'estem gairebé segurs. Jo mateix en vaig entreveure un a l'estança de Nives, poc abans que el Príncep fugís.

En aquell moment va arribar l'Avi:

–He baixat per avisar-vos... Dasín ha teixit una altra tela!

28
La segona tela de Dasín

Tots van pujar a l'estança de Dasín i van trobar la teixidora asseguda davant del teler, com sempre.

Però aquell dia tenia una expressió una mica esporuguida: no estava acostumada a rebre visites i encara menys de tantes persones alhora.

Samah va provar de tranquil·litzar-la:

–Dasín, has vist qui ens ha vingut a veure?

La dona va observar els dos hostes amb una mirada interrogativa.

–És la Princesa dels Coralls en persona! –li va dir Samah, amb un somriure.

En sentir aquelles paraules, la dona es va aixecar.

Va fer uns passos en direcció a Kalea, per veure-la de més a prop, i després, de sobte, la va reconèixer.

–Petitona meva! –va exclamar, obrint els braços.

Kalea, una mica insegura, es va acostar a la teixidora. Però quan l'anciana la va abraçar, els records enterrats pel temps van aflorar com bombolles a la superfície del mar. Recordava aquell perfum d'espècies i l'olor dels tints de la llana que impregnava les mans i la roba d'aquella dona. Va tancar els ulls i, per un instant, es va imaginar que tornava a ser petita, quan encara vivia amb les seves germanes i els pares. Aquell pensament tan dolç li va infondre una determinació fèrria: calia derrotar el Príncep sense Nom, a qualsevol preu.

Quan Dasín per fi va desfer l'abraçada, es va dirigir a Gunnar.

–I vós, qui sou, jove ben plantat?

–Em dic Gunnar, vinc del Regne dels Gels Eterns.

Les llàgrimes van velar els ulls de Dasín.

–Nives...

–Gunnar és el marit de Nives –va puntualitzar Samah.

Llavors, Dasín també el va abraçar a ell:

–Dóna-li molts records a la meva nena, quan tornis a Arcàndida. Continua sent tan bonica i rebel com quan era petita?

Aquesta descripció va fer somriure Gunnar:

–Malauradament, sí.

Tothom va esclatar a riure, però ben aviat uns pensaments més seriosos i urgents van centrar la seva atenció en la tela: potser els podria proporcionar una pista nova per localitzar els dos desapareguts.

Dasín es va tornar a asseure davant del teler i els altres es van col·locar al seu voltant formant un semicercle.

–Ha succeït aquest matí –els va explicar la teixidora–. He sentit un vent estrany que entrava per la finestra, i m'he posat a teixir. D'entrada, no era gaire conscient de què dibuixava i m'he estimat més enllestir el tapís abans d'avisar-vos.

Tots els ulls estaven fixos en la tela, que representava dues figures estirades a terra, un noi i una noia.

–La noia sembla desmaiada –va afirmar Samah, assenyalant la jove repenjada al tronc d'un arbre–. Podria ser Daishan...

–Per tant, el noi podria ser Yuftén, oi? –va preguntar Armal.

–Jo diria que sí –li va respondre l'Avi.

–On deuen ser? –va preguntar Samah.

Pel paisatge que podien veure, la parella estava en un indret que s'assemblava a mil més del regne: estaven envoltats de sorra. Darrere seu, només s'hi veien dos arbres, un dels quals era, sens dubte, un baobab.

–Armal –va dir la princesa Samah–, vés a buscar Ajar. Potser ell ens podrà ajudar.

–Me n'hi vaig corrents!

Tots es van quedar a l'espera, estudiant la tela amb atenció. Al cap d'uns minuts, Armal va tornar a entrar a l'estança seguit del guia del desert.

–Ajar, sisplau, ens has d'ajudar! –li va suplicar Samah–. Creiem que aquests dos joves són Daishan i Yuftén, però no reconeixem el lloc on es troben.

L'home es va acostar al teler i va clavar la seva mirada aguda a la tela, estudiant-ne els mínims detalls.

Al cap d'uns instants, en què tothom va romandre en el silenci més absolut, Ajar va parlar:

–Conec aquest indret.

–N'estàs segur? –li va preguntar l'Avi.

–Sí.

–On és? –va acuitar Kalea, ansiosa.

–És un oasi petit, molt poca gent el coneix. No és gaire lluny dels Pendents Desolats.

–Com ho has descobert? –va voler saber Armal, que admirava Ajar pel seu coneixement del desert.

–Veieu els dos arbres? Són un mango i un baobab, l'un al costat de l'altre. Només hi ha un oasi en tot el regne en què aquests dos arbres creixen junts.

Una ventada d'esperança es va expandir per tota l'estança.

–Gràcies, Ajar –va dir Samah–. Ens has estat molt valuós, com sempre.

–Marxem! –va exclamar Armal.

–Jo també vinc –va dir Gunnar–. Us podré ajudar.

–Sens dubte. I t'ho agraixo molt –li va respondre la princesa.

–Doncs jo em quedaré a palau, amb l'Avi –va decidir

Kalea–, per si de cas el Príncep sense Nom torna aquí per qualsevol motiu. El podré reconèixer i potser també sabré com enfrontar-m'hi.

Samah va mirar la seva germana amb afecte: la recordava com una nena dolça i vulnerable, però ara tenia al davant una noia decidida i madura.

N'estava orgullosa.

Després d'acomiadar-se de Dasín, Samah va ordenar al cavallerís que ensellés els cavalls.

–Tu et quedaràs a palau, Kel-Radek –va afegir–. Potser hi faràs falta.

–Com desitgeu, princesa.

En pocs minuts, l'expedició ja estava a punt per marxar.

29
De viatge pel desert

El petit grup va cavalcar fins al capvespre. Va ser un viatge silenciós: cadascú galopava absort en els seus pensaments, que els lliscaven per la ment com les flonges dunes per sota dels cascos dels cavalls.

A la posta, Ajar va anunciar:

–S'està fent fosc. D'aquí a poc haurem d'acampar per fer nit.

–No podem continuar? –va preguntar Samah, que no suportava la idea de perdre un temps preciós i hauria volgut dilatar el que tenia.

–Els cavalls estan cansats, els hem de deixar reposar i abeurar-los. No gaire lluny d'aquí hi ha un oasi que ens anirà de primera, perquè hi ha molta aigua. La font següent és massa lluny i les nostres muntures no ho resistirien. A més, seria molt difícil trobar-la a les fosques.

–En aquest cas, aturem-nos –va concedir la princesa–. Reemprendrem el camí demà a trenc d'alba.

Poc després van arribar a l'oasi. Estava arrecerat i, tal com havia dit Ajar, hi havia una deu d'aigua molt abundant, envoltada de palmeres. Els cavalls van beure a cor què vols i els expedicionaris van muntar les tendes.

–Farem torns de guàrdia –va establir el guia, quan ja van estar acampats–. Podríeu començar vós, príncep Gunnar, si hi esteu d'acord. Després Armal, i després jo, fins a l'alba.

–És clar, estic a la vostra disposició. Però us prego que m'anomeneu simplement Gunnar i em parleu de tu.

Tots van somriure i van assentir. Si haguessin sabut que Gunnar, en el passat, havia estat un llop, haurien entès més bé que se sentís incòmode amb el títol de príncep.

Poc després, malgrat els bons propòsits, Armal i Ajar dormien a la tenda, vençuts per l'esgotament.

Gunnar i Samah es van quedar a fora, al costat de la foguera. Miraven el cel estrellat que hi havia damunt del seu cap, cadascú en companyia dels seus pensaments.

Samah va ser la primera de trencar el silenci.

–Estàs molt preocupat, oi?

–Sí, molt: conec la perversitat d'aquell home.

–Per què li dieu el Príncep sense Nom?

–Perquè no té identitat pròpia i roba la dels altres. De la ferotge topada que vam tenir a Arcàndida, encara en conservo les cicatrius.

–Què em dius, ara!

–És un home sense escrúpols, expert en arts màgiques. Tu la coneixes, la màgia, oi?

–No ben bé: el pare la va bandejar dels Cinc Regnes. En van quedar vestigis en alguns indrets i en alguns objectes. No em pensava que quedés ningú amb la capacitat de fer encanteris i sortilegis.

–Jo tampoc no m'ho creia. I el vostre pare no es podia imaginar que el Vell Rei tingués un fill que hagués restat immune a l'Encanteri de la Son. I en canvi...

Gunnar estava indecís, no es decidia a confiar la seva història a Samah. Però, al capdavall, no tenia cap motiu per callar: Samah era la germana de la seva dona i li recordava molt Nives. Totes dues eren decidides i valentes; i Samah, a més, era molt seriosa, cosa que possiblement es devia al seu paper de germana gran. Se'n podia refiar.

–...fa uns quants anys, jo també vaig conèixer una dona que sabia utilitzar la màgia. Jo era molt jove i, tornant cap al meu poble, vaig tenir una topada molt desagradable –va explicar Gunnar–. Uns bandits m'ho van robar tot i em van tirar al cràter d'un volcà. Vaig estar a punt de morir.

Samah l'escoltava amb molta atenció, sense interrompre'l.

–Em va recollir Alifa, la guardiana del volcà. I em va proposar salvar-me la vida... amb la condició que la visqués en el cos d'un llop. D'aquesta manera, un encanteri em va convertir en un llop blanc.

Samah va fer uns ulls com unes taronges.

–I què va passar, després?

–Que vaig viure en companyia d'altres llops fins que em vaig assabentar que necessitaven guardians a Arcàndida. Em va acollir la teva tia Berglind, que em va nomenar cap de l'exèrcit del Regne dels Gels Eterns.

–Eres un dels llops de la guàrdia reial? –Samah tenia la seva imatge gravada a la memòria: s'havia espantat molt quan els va veure durant una visita a Arcàndida.– Llavors ja ens coneixíem...

–Oi tant! –va respondre Gunnar–. Em recordo de tu i de les teves germanes, encara que hagi passat força temps.

–I després? Com vas recuperar el cos d'home?

–Gràcies a Nives. Jo sempre era prop d'ella, la prote-

gia, la vigilava... i me'n vaig enamorar. Ella també de mi, sense adonar-se'n. Quan vaig tornar derrotat de l'enfrontament amb el Príncep sense Nom, estava a les portes de la mort i ella em va abraçar i va plorar. Les seves llàgrimes van desfer l'encanteri i vaig recuperar el meu aspecte real. La gent no se'n sabia avenir: l'amor havia portat a terme la màgia més poderosa.

Samah es va quedar de pedra.

–De debò que és... increïble.

Gunnar va somriure en la foscor, mentre Samah va tornar a pensar en la seva cosina.

–Espero que el Príncep sense Nom no hagi tocat ni un cabell de Daishan. Si no, se les haurà de veure amb mi!

Després, la princesa es va aixecar.

–Vaig a descansar. Demà serà una jornada molt llarga. Bona nit, Gunnar.

–Bona nit, Samah.

El príncep d'Arcàndida es va quedar sol contemplant les estrelles. L'aire del desert, més fresc, estava impregnat de perfums. Va pensar en Nives, tan llunyana en aquell moment, mentre inspeccionava l'horitzó obscur amb els seus ulls de llop.

30

Daishan i Yuftén

La nit va transcórrer tranquil·la i, a les primeres clarors de l'alba, la petita expedició ja estava a punt per partir.

–Quant falta per arribar a l'oasi dels dos arbres? –va demanar Samah a Ajar.

El guia es va acabar de posar bé el turbant, i després va respondre:

–Menys d'un dia de viatge, però ens hi haurem d'afanyar perquè s'acosta una tempesta de sorra.

–Una tempesta? –va exclamar Armal.

Ajar va ensumar l'aire abans de respondre.

–És a l'est d'aquí, però avança molt ràpidament.

–Som-hi, doncs! –els va encoratjar la princesa, que ja

havia muntat Amira. Sabia perfectament que si els enxampava la tempesta, les possibilitats de retornar a casa els dos joves sans i estalvis es reduirien a la meitat. La seva euga també semblava força inquieta, aquell matí. Era possible que, com Ajar, notés que s'acostava la tempesta?

Van cavalcar tot el dia.

Gunnar, habituat al clima fred i rigorós del Regne dels Gels Eterns, es cansava més que els altres: respirava amb dificultat l'aire xafogós del desert a través del mocador que li cobria el rostre fins als ulls. El paisatge li recordava el que s'estenia fins a perdre's de vista a l'entorn d'Arcàndida: unes vastes extensions monòtones que arribaven fins a l'horitzó, amb l'única diferència que eren de sorra i no de neu. Sense un guia expert, va pensar, li seria impossible orientar-se en aquelles landes batudes pel sol.

Al vespre, els quatre genets van percebre un vent estrany, saturat de sorra, que bufava de l'est.

–La tempesta ja és molt a la vora –els va anunciar Ajar.

–Ja?

–Em pensava que se'ns acostava més lentament; deu haver agafat embranzida pel camí. Ens hem d'apressar.

–Quant falta? –va preguntar Gunnar.

–Poc; l'oasi és allà al darrere –va dir el guia assenyalant unes dunes que hi havia al davant.

L'expedició va accelerar el trot. En aquella cursa, els cascos dels cavalls s'enfonsaven en la sorra i alçaven un polsim fet de minúsculs granets que s'escampaven en el vent.

–Ajar no s'equivoca mai –va explicar Samah a Gunnar, que cavalcava al seu costat–. El desert és casa seva, el coneix perfectament. Estem en bones mans.

Armal va esperonar el seu cavall perquè pugés a una duna molt alta per tenir més bona vista.

–Ajar! El veig! –va cridar, quan va arribar al capdamunt.

El guia va anar fins allà, va escrutar l'horitzó tremolós en la direcció que indicava Armal, i després va sacsejar el cap.

–No, Armal, allò és un miratge. L'oasi que busquem és a l'altre costat.

–De debò? Em pensava que coneixia prou bé el desert, i en canvi...

El guia va somriure.

–El desert no és solament el que veus, Armal. És una criatura inestable, canviant, mai no és igual a si mateix, no te'n pots refiar. És veritat, encara hi ha molts secrets que no coneixes d'aquestes dunes, però amb els anys, et convertiràs en un guia expert.

Armal va fer que sí, pensatiu: les paraules d'Ajar l'havien afectat profundament.

El grup va reemprendre el viatge. Tots quatre van continuar cavalcant una estona, mentre la visibilitat s'anava fent més escassa; el vent alçava la sorra i la transportava per l'aire creant una cortina que cada vegada era més atapeïda.

Els cavalls, espantats, es quedaven clavats a terra i estrebaven les brides. Els genets, que ja no veien res més que una paret de sorra impenetrable, feien el que podien per controlar-los, però era inútil: les muntures havien ensumat la inquietud dels homes i ja no obeïen els seus amos.

Ajar, tement que la cosa empitjorés, va cridar als seus companys que es mantiguessin units. Llavors, de sobte, com si seguís un instint misteriós, Amira es va separar del grup amb la princesa a la sella i es va dirigir, molt decidida, cap a la cortina de sorra.

–On em portes, Amira? –li va demanar la princesa. L'euga havia notat alguna cosa, Samah n'estava segura.

Mentrestant, els altres estaven neguitosos per l'espera.

–Veniu! He vist alguna cosa! –els va cridar la princesa, engolida pel núvol de sorra.

Ajar va ser el primer d'arribar al seu costat.

–És l'oasi! –va exclamar–. Anem!

Els altres el van seguir i ben aviat van entreveure dos arbres molt grossos: un mango i un baobab.

–Són els que surten al tapís de Dasín –va dir Samah, alegre–. Molt bé, Amira! –va dir a l'animal, amanyagant-li la crinera.

–Tant de bo que hàgim arribat a temps –va afegir Gunnar.

L'oasi era bastant petit i l'amagaven unes dunes molt altes. Realment era difícil de localitzar, si no el coneixies.

Tots van baixar dels cavalls, en van agafar les regnes i van continuar a peu.

La princesa va guiar el grupet cap als arbres; frisava per retrobar Daishan... Sentia que no podia ser gaire lluny.

De sobte, va exclamar:

–Mireu allà baix!

Després va arrencar a córrer i els altres la van seguir fins al majestuós baobab. Igual que a la tela de Dasín, hi havia dues figures repenjades al seu tronc gruixut.

La princesa es va sobressaltar; Daishan estava ajaguda, immòbil. Al seu costat, hi havia un jove que la vetllava, extenuat. Devia ser Yuftén.

La princesa i Armal van córrer a abraçar la noia que estava estirada a terra.

Gunnar, mentrestant, es va posar a inspeccionar l'oasi, amb els ulls fixos a la sorra, a la recerca de possibles rastres de màgia.

–Què li has fet?! –Armal va escridassar Yuftén, en veure la seva germana desmaiada.

Però el noi no li va respondre. No li quedaven forces.

–Han de beure –va dir Ajar, allargant-li una cantimplora amb aigua.

Yuftén va beure i va semblar que recuperava una mica l'energia:

–Us he de dir... –va murmurar amb dificultats.

–Ara no és el moment. La tempesta ens enterrarà vius! Hem de construir un recer per passar la nit –el va interrompre Ajar.

–Daishan... l'ha picada un escorpí tigrat...

–No és possible! –va exclamar Armal.

–Hem de fer alguna cosa o morirà –va dir Samah sense perdre la calma–. Quan la va picar?

–No ho sé, potser ahir...

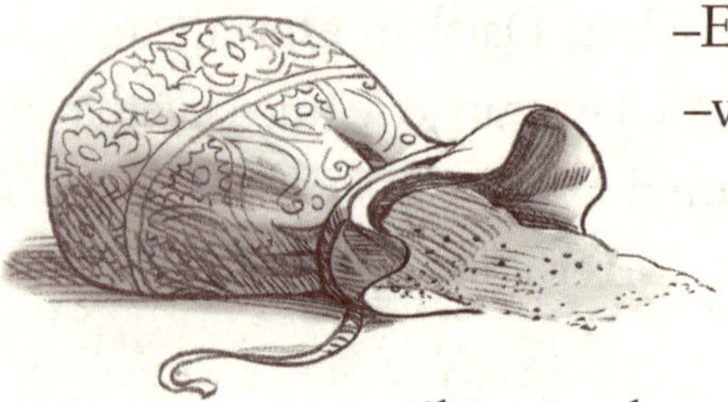

–Ensenya'm on té la picada –va ordenar Ajar a Yuftén.

El noi va indicar un punt al coll, sota l'orella esquerra, on s'hi veien les marques.

–Tant de bo que encara hi siguem a temps –va murmurar el guia del desert.

Es va treure de la butxaca un saquet de tela lligat amb una cinta de cuir. En va treure unes pólvores de color verd clar que es va abocar a la mà i tot seguit la va tancar perquè el vent no les escampés. Després, va tirar al damunt unes gotes d'aigua de la seva cantimplora i va formar una boleta de pasta que va refregar damunt la picada. Al cap d'uns instants, la vermellor de foc dels senyals que tenia la noia al coll havia minvat visiblement.

–De pressa, toquem el dos! Ben aviat això serà un malson –va exclamar Ajar, mirant al seu voltant.

Tal dit i tal fet.

31

Una nit difícil

Era una nit molt freda, molt més rigorosa que la precedent.

La petita expedició havia fet cap als pendents pedregosos d'una muntanya baixa i havia trobat un indret arrecerat alguns quilòmetres més a l'oest. El desert estava tan agitat com un mar en plena tempesta i el vent espetegava contra aquell refugi precari amb uns remolins de sorra tan tallants com fuetades.

No hi havia estrelles ni lluna. No hi havia cap llum que il·luminés aquella nit.

Samah, Armal i Gunnar es van reunir en una tenda per escoltar la història de Yuftén. Ajar era a l'altra tenda, vetllant Daishan.

El jove mercader encara estava molt dèbil i li costava parlar, però se sentia millor després d'haver begut i fet un mos.

–Explica'ns-ho tot, de bon començament –li va ordenar Samah, que no li perdonava que s'hagués escapat amb la seva cosina.

Yuftén va començar la seva història:

–Ens vam conèixer el primer dia del Mercat de les Sorres, el mateix matí que vaig arribar a Rocadocre. El primer que vaig veure en entrar a la ciutat va ser justament ella... Daishan. No sé com explicar-ho, però entre nosaltres es va crear immediatament una entesa molt especial, com si ens unís un fil secret. Els dies següents, Daishan em va venir a veure sovint a la parada dels meus pares. Passàvem junts tot el temps que podíem, però jo sabia que el mercat s'acabaria i me n'hauria d'anar. Només de pensar que me n'hauria de separar, que no la veuria fins a l'any següent, se'm tallava la respiració... No m'havia passat mai, us ho juro.

Yuftén va fer una pausa per recuperar l'alè i agafar valor.

–Per això, per estar més temps junts, li vaig proposar que quan s'acabés el mercat vingués amb mi i la meva família. Li volia ensenyar el meu poble, que és als confins de la Plana Verda. Vaig ser un inconscient, ja ho sé; i no us podeu imaginar com me'n penedeixo. Però llavors em va semblar una bona ocasió per coneixe'ns més bé i, no sé per què, estava convençut que els meus pares hi estarien d'acord.

Samah el va mirar, perplexa.

–Continua, Yuftén.

El noi va acotar el cap.

–Al començament, Daishan estava una mica espantada. Però l'endemà havia canviat d'idea, havia decidit marxar amb la meva família. Jo no m'ho podia creure. No m'explicava què li havia passat, però era com si... com si la nit hagués vençut tota la seva resistència i li hagués suggerit que vingués amb mi.

Gunnar va dreçar les orelles. Va reveure Nives adormida i el coleòpter de color cobalt posat damunt del seu coixí. Potser, tal com sospitava, el mateix insecte havia manipulat Daishan, més ingènua i mal·leable que la princesa Samah, doblegant-ne la voluntat segons els seus foscos designis.

–Llavors, Daishan em va dir que aniria a parlar amb vós, princesa –va prosseguir Yuftén–. Jo esperava que tornés ben aviat per dir-me que havia obtingut el vostre permís, però passaven les hores i no en tenia notícies.

Una nit difícil

Estava preocupat i trist, però sabia que era massa tard per presentar-me a la cort. Per això vaig decidir que l'endemà aniria a palau i us ho explicaria tot, però les coses van anar d'una manera ben diferent.

Samah no havia perdut ni una paraula d'aquella història. Fins allà, tot era prou clar. La versió de Yuftén, deixant de banda algun matís romàntic, concordava amb el que ja sabia.

Però ara calia trobar la baula que faltava entre la fugida de Rocadocre i el moment en què havien trobat la parella a l'oasi.

–Ànim, Yuftén. Digue'm què va passar després...

–Aquella nit no podia dormir. Ni tan sols contemplar les estrelles em donava pau.

»De sobte, vaig veure una silueta furtiva darrere meu: era Daishan! Semblava esgotada i tenia els ulls esbatanats. Gairebé no podia parlar. Després es va recuperar i em va suplicar que li deixés el cavall dels pares perquè havia d'anar als Pendents Desolats. No parava de parlar d'una làmina de plata que havia d'anar a buscar al més aviat possible.

–Ai, no... la làmina! I tu, què vas fer?

–Vaig provar de fer-la entrar en raó, però va ser inútil. No parava de repetir que la làmina corria perill i que la seguretat del regne depenia d'ella i d'aquell objecte tan valuós. Estava fora de si. En aquell moment, vaig pensar que l'única solució era fer-li costat i escortar-la fins als Pendents Desolats... tot i que aquell nom no presagiava res de bo.

Samah es va mossegar els llavis en pensar que havia estat justament la seva cosina qui havia robat la làmina.

–I llavors vam marxar a cavall, però, quan ja érem prop dels Pendents Desolats, Daishan va voler continuar sola. No la vaig poder convèncer perquè em deixés acompanyar-la. No parava de repetir que només els membres de la família reial podien entrar als Pendents Desolats i sortir-ne indemnes. Parlava amb una veu inexpressiva i els seus ulls semblaven buits, com si l'haguessin hipnotitzat. Vaig tenir por, no la reconeixia.

–I després?

–Va tornar al cap d'una estona que em va semblar interminable. Havia trobat allò que buscava.

–La làmina? –va preguntar Samah.

–Sí, duia un petit estoig de fusta amb marqueteria, l'estrenyia amb força com si li fes por que l'hi robessin. Sense dir ni una paraula, vam marxar en direcció a Rocadocre, però, així que vam deixar enrere els Pendents Desolats, em vaig adonar que ens seguia un home que muntava un cavall blanc.

Samah es va sobresaltar.

–Vaig intuir que corríem perill i per això vaig esperonar el cavall en direcció al desert. Confiava desanimar el nostre perseguidor portant-lo cap a una zona inhòspita, plagada d'escorpins tigrats. Era un risc que havia de córrer per desempallegar-me'n... Però no va ser una idea gaire bona: el nostre cavall, que ja estava molt feble per la pujada als Pendents Desolats, va començar a perdre terreny. Ens va atrapar al cap de poques hores.

–Qui era el vostre perseguidor?

–Un jove vestit de viatge, amb una casaca i un barret. Era ros, amb la pell clara i els ulls d'un color blau intens.

L'havia vist al mercat feia uns quants dies. Sabia que era un buscador d'objectes.

–Robí Blau! –va exclamar Armal, que havia estat en silenci fins llavors–. Digues, Yuftén. Què va passar després?

–Aquell home no ens va fer cap mal. Simplement va agafar l'estoig de les mans de Daishan, va tornar a muntar a cavall i va prosseguir el seu camí. Però el que em va

estranyar més va ser que Daishan no provés de protegir la làmina, perquè no va oposar la més mínima resistència. Semblava absent, buida, com si hagués fet un esforç sobrehumà i ja no li importés res, ni la làmina ni el nostre perseguidor.

–Entesos, tot quadra: Robí buscava l'estrofa... –va comentar Samah–. Però ara, Yuftén, m'has de dir per què no vau tornar immediatament cap a Rocadocre: hauria estat el més assenyat.

–Ho volíem fer, princesa. Però estàvem esgotats i Daishan necessitava descansar. Vam veure un oasi en la llunyania i vam provar d'arribar-hi, però era un miratge, i després ens vam perdre. Vam vagar uns quants dies, amb poc menjar i una reserva d'aigua molt minsa. Però vam tenir la bona sort d'arribar a un oasi de debò, allà on ens heu trobat. Com que hi havia un mango i un baobab, vam decidir... més ben dit, vaig decidir, perquè Daishan continuava absent, que ens hi aturaríem per recuperar les forces. El segon dia, l'escorpí la va picar. Es va estirar a la sorra sense adonar-se que repenjava el cap al costat d'un escorpí tigrat. De seguida es va trobar malament i després va perdre el coneixement. Com si amb això no n'hi hagués prou, el nostre cavall va començar a mostrar-se molt inquiet i es va escapar. Em vaig pensar que li feien por els escorpins, però ara comprenc que notava que s'acostava la tempesta. També se'ns havia acabat l'aigua, i la de l'oasi era salada i tèrbola...

–L'hauries d'haver bullit –li va dir Armal, molt seriós.

–No em podia moure, i no volia deixar sola Daishan. La meva única esperança era que arribés algú i ens auxiliés... i heu arribat vosaltres.

Gunnar havia observat atentament Yuftén i havia canviat la seva opinió sobre el noi: no podia ser el Príncep sense Nom. Els seus ulls eren ingenus, no despietats, i era evident que se sentia culpable. A més, si hagués estat el Príncep, no s'hauria quedat fent companyia a la noia sinó que l'hauria abandonada a la seva sort.

Yuftén va acotar el cap.

–Només espero que Daishan es posi bona. Ho desitjo més que cap altra cosa al món.

De cop i volta, van notar que el xiulet del vent s'aguditzava: Ajar s'havia abocat a la tenda.

–Demà ja haurà passat la tempesta i podrem tornar a Rocadocre –els va anunciar–. A palau, hi atendrem més bé Daishan, però la seva vida ja no corre perill.

32
El retorn a Rocadocre

L'aurora sorgia per damunt de les daurades dunes del desert que l'impetuós vent de la nit passada havia modelat com onades.

La princesa Samah, a la seva tenda, dormia amb un son profund i sense somnis. Abans d'adormir-se havia fet una última mirada a Daishan per veure si havia millorat. El rostre de la seva cosina semblava distès, però encara era aviat per fer volar coloms. Després, Samah havia cedit a la fatiga de les llargues jornades viscudes confiant que la cura d'Ajar hagués fet efecte.

Quan el primer raig de sol va fregar la tenda, Daishan va percebre alguna cosa. Després de tant de fred i foscor, va sentir llum i calor... Va alçar una parpella, però la claror era massa forta i la va abaixar instintivament. Ho va tornar a provar més a poc a poc. Va moure una mà i amb els dits va tocar la tela clara de la tenda just en el punt que il·luminava el sol naixent. Era una sensació agradable. Es tornava a sentir viva.

–On sóc? –va murmurar.

En sentir aquestes paraules, Samah va obrir els ulls preguntant-se si ho havia somiat. Però quan es va girar i va veure que, finalment, la seva cosina s'havia despertat, no va tenir més dubtes i li va fer una gran abraçada.

–Cosineta meva! Estic tan contenta d'haver-te retrobat!

Daishan, aclaparada per l'emoció i el cansament, no li va poder respondre de seguida.

–Estava tan preocupada per tu... Em pensava que t'havien raptat! –deia Samah, desfeta en llàgrimes.

–Em sap molt de greu –li va respondre la seva cosina, agafant-li la mà, molt commoguda.

–Ja tindrem temps per a les explicacions. Ara, només vull saber una cosa. Aquell noi, Yuftén, t'ha fet mal? Ell m'ha explicat la seva versió dels fets, però no sé si refiar-me'n...

–No, no m'ha fet res de dolent, més ben dit, ell no... ai, no, l'escorpí! Em va picar un escorpí tigrat! –va dir, molt agitada, mentre es tocava el coll.

Samah va provar de tranquil·litzar-la.

–No et preocupis, vam arribar a temps. Ajar ja et va donar una medecina, ell sempre porta l'antídot. Però si haguéssim trigat més a arribar...

Daishan, aterrida, va obrir molt els ulls. Com devia haver patit la seva cosina per culpa seva!

–Perdona'm, Samah...

Samah va fer un sospir.

–Tots estàvem preocupats: jo, l'Avi, el teu germà...

–Armal? També és aquí? I Yuftén? On és?

–Tots són a l'altra tenda, no pateixis. I també Ajar, que et va salvar la vida, i un hoste.

–Qui?

–Es diu Gunnar, el príncep Gunnar.

Daishan va tancar els ulls i es va concentrar en la respiració. Després, va dir unes paraules que li brollaven del fons del cor:

–Samah, encara no em sé avenir de les coses que he fet. La nit que vaig fugir de Rocadocre, sentia una veu que em repetia que la làmina estava en perill. Era com si alguna cosa, o alguna persona, em controlés les accions.

–No et preocupis, ja ha passat tot. Ara només has de pensar a descansar.

–Sí, però... no em podia alliberar d'aquella veu, era més forta que jo. Després, recordo que vaig pujar als Pendents Desolats i allà... –llavors a Daishan se li va esquerdar la veu– ...vaig agafar la làmina de plata.

Samah li va posar una mà a l'espatlla:

–Ja ho sé, ens ho va explicar Yuftén.

En aquell moment, algú va cridar la princesa:

–Samah, estàs desperta?

La princesa va obrir la tenda deslligant els llaços que en tancaven les vores, i va veure el rostre d'Armal.

El noi es va adonar que Daishan havia recobrat la consciència i es va quedar uns instants sense paraules.

Havia esperat i somiat tant veure-la refeta que, ara que se la trobava al davant, se sentia gairebé desplaçat.

–Germanet! –va exclamar la noia, allargant-li els braços. Encara li feia mal el coll, tot i que havien desaparegut les marques de la picada.

Armal va entrar a la tenda il·luminada pel sol i va estrènyer Daishan entre els seus braços.

–Si sabessis com et vaig buscar! No vaig perdre les esperances en cap moment. Com estàs?

–Estic bé, a part del coll, que em fa un mal horrorós. Escolta, Armal, jo...

–Després ja m'explicaràs tot el que va passar. Ara, el més important és que estiguis sana i estàlvia. Vaig a avisar Ajar i Gunnar: et portarem a palau perquè puguis reposar.

Daishan va acotar el cap i es va posar a plorar. Samah la va ajudar a aixecar-se i li va dir:

–Ànim, que ens hem de preparar. Tornem cap a casa!

Tot i que s'esforçava per aparentar serenitat, la princesa sabia que qualsevol mena de celebració era prematura.

Encara s'havien d'enfrontar a un problema que no podien passar per alt: el Príncep sense Nom.

33

Finalment, a casa!

El viatge de tornada va ser llarg i esgotador. La petita expedició no va topar amb més tempestes, però, per tal de deixar els cavalls a Daishan i Yuftén, que encara estaven molt dèbils, els altres feien torns per anar a peu.

Daishan i Yuftén cavalcaven l'un al costat de l'altre, sense dirigir-se la paraula.

Quan Samah, finalment, va entreveure Rocadocre en la llunyania, va sentir que el cor li bategava molt de pressa. Ja era a casa. Es delia per retrobar l'Avi i presentar Kalea a Daishan. Va pensar que la seva alegria més gran seria que algun dia pogués tornar a veure tota la seva família reunida.

La pujada cap a la ciutat va ser l'últim esforç que van haver d'afrontar després d'un viatge extenuant.

Ja era el capvespre i els carrers de Rocadocre estaven deserts i silenciosos. El grupet es va dirigir sense dilacions cap a l'entrada del palau; al pati, Kel-Radek ja els esperava. Com si hagués pressentit la seva arribada... Quan va veure que Daishan i Yuftén tornaven sans i estalvis no va poder reprimir un rampell d'alegria.

–Ben tornada, princesa Samah! –Després, també va saludar Daishan, tot somrient:– Em fa molt feliç tornarte a veure, Daishan.

Va agafar les brides del cavall i va desaparèixer a l'interior dels estables, per amagar la seva emoció.

Poc després, també l'Avi i Kalea, que eren a la terrassa de l'últim pis, es van adonar del retorn de l'expedició. Kalea es va precipitar escales avall.

–Ja sou aquí! Que bé que ja sigueu a casa! –cridava mentre baixava els esglaons tan de pressa com podia i, a cada pas que feia, dringaven totes les conquilles del seu vestit.

L'Avi la seguia a distància, amb la tranquil·litat de qui ha viscut una llarga vida i sap que res no millora amb les presses.

Samah va abraçar Kalea i després li va dir:

–Et presento Daishan, la nostra cosina.

Kalea es va girar cap a la noia. Era molt bonica, però les seqüeles del mal tràngol que havia passat eren evidents.

Daishan no s'atrevia a acostar-s'hi, per això Kalea se li va plantar al costat, li va agafar les mans i li va fer dos petons a les galtes.

–M'alegro molt de coneixe't. Em dic Kalea.

Després de saludar Kalea, Daishan, molt emocionada, va abraçar l'Avi.

–Ja ets a casa –va dir l'home amanyagant-li els cabells.

–Sí, i no me'n vull anar mai més.

–Oi tant que ho faràs. Arribarà un dia en què te n'hauràs d'anar.

Yuftén, que s'havia quedat a part, va fer un pas endavant per acomiadar-se.

–Us agraeixo que m'hàgiu portat fins a Rocadocre. M'hauria merescut que m'haguéssiu abandonat al desert... Em sap greu no haver pogut protegir Daishan com hauria volgut. Perdoneu-me, si podeu. Me'n torno amb els pares, deuen passar ànsia per mi.

Llavors, Armal se li va acostar i li va posar una mà a l'espatlla.

–Yuftén, tots hem tornat a casa, sans i estalvis, i la meva germana es recuperarà molt aviat. Tu no tens la

culpa del que va passar: a Daishan, la posseïa una força més gran que ella i hauria robat la làmina igualment.

»Estic convençut que, dins les teves possibilitats, la vas protegir i guiar. No vull ni pensar què hauria pogut passar si no haguessis estat al seu costat.

El jove mercader l'escoltava en silenci, amb els ulls fixos a terra. No podia articular cap resposta, però li agraïa profundament aquelles paraules.

–Val més que vagis a veure els teus pares, que estaran felicíssims d'abraçar-te –va afegir el noi.

–Sí –va dir Yuftén, amb un somriure–. Gràcies, Armal.

Però, abans d'anar-se'n, encara havia de dir una altra cosa:

–Adéu, Daishan.

–Adéu, Yuftén.

L'emoció li oprimia la gola, i les llàgrimes que havia contingut fins llavors començaven a aflorar. No volia que ella el veiés en aquelles condicions, per això li va donar l'esquena i es va encaminar cap a la plaça principal.

–Yuftén!

El noi es va aturar. L'havia cridat Daishan? Era possible que encara volgués saber alguna cosa d'ell després de tot el que havia passat?

Quan es va girar, els ulls se li van il·luminar per la incredulitat... Sí, era ella. El mirava amb una expressió molt seriosa.

–Daishan, jo...

–Xsst! No diguis res, Yuftén.

Durant uns instants, es van quedar immòbils i avergonyits, l'un davant de l'altre. Després, Daishan va abraçar dolçament el noi. Yuftén no sabia si riure, plorar o cantar. Era un moment bellíssim i en volia gaudir plenament. Només es va veure amb cor de dir-li una cosa, amb un xiuxiueig:

–Perdona'm, sisplau.

–No t'he de perdonar res. La culpa és tota meva. Et vaig arrossegar als Pendents Desolats i no estava en condicions de prosseguir quan em deies insistentment que tornéssim a Rocadocre.

–Llavors, no estàs enfadada amb mi?

–És clar que no!

–És a dir... que no et perdré?

–Això, només depèn de nosaltres.

–Doncs faré els possibles per no perdre't, Daishan. T'escriuré. I et portaré al meu cor durant tots els dies que ens separaran fins que ens tornem a veure.

Van desfer l'abraçada, però Daishan li va agafar la mà:

–T'esperaré, coratjós Yuftén. Fins aviat!

El noi va fer un somriure.

Després va creuar el llindar de la portalada i va desaparèixer en els carrerons de Rocadocre.

34
L'explicació de Daishan

Samah, Kalea, Gunnar, l'Avi i Armal estaven asseguts en uns grans coixins de colors llampants que hi havia a la terrassa.

Daishan hi va pujar per reunir-se amb ells: abans de retirar-se a la seva estança per abandonar-se a un son reparador, havia de fer una última cosa.

–M'he de disculpar amb tots vosaltres –va dir–. Em sap greu haver-vos fet passar ànsia i no em puc perdonar haver robat la làmina de plata... De debò que no sé què em va passar. Hi havia una veu dins meu que em deia que el regne corria perill i que havia d'agafar la làmina per salvar-la. Semblava com si hagués perdut el control dels meus actes: la veu em manava i jo l'obeïa.

Per això, quan Robí Blau em va venir a buscar al desert, i la veu em va ordenar que li entregués la làmina, no vaig poder fer altra cosa que acatar l'ordre. Era com si estigués...

–Hipnotitzada? –Gunnar va completar la frase.– Et vas fixar si hi havia un petit coleòpter de color cobalt a la teva estança? –li va preguntar.

–No me'n recordo...

–No t'hi fixes mai, en els insectes, tret que et piquin! –va dir Samah, amb un sospir.

–Un moment! –va exclamar Daishan–. Quan em vaig despertar amb la idea d'anar a buscar la làmina, vaig veure un insecte blau que brunzia al meu voltant. El vaig espantar i es va amagar sota l'armari... Va ser llavors que em vaig recordar dels conductes de ventilació.

Els altres es van intercanviar una mirada, uns mossegant-se la llengua, uns altres sacsejant el cap.

–Per què és tan important? –va insistir Daishan.

–Perquè el príncep malvat utilitza un insecte d'aquesta mena per doblegar la voluntat de les persones i fer-les actuar segons la seva conveniència. Aquesta vegada, has estat tu la seva víctima: ets més jove que Samah i, per tant, devia pensar que series una presa més fàcil. Amb l'ajuda del coleòpter et va empènyer a buscar l'estrofa, i després va enviar el buscador a recollir-la; el Príncep sense Nom és molt astut.

Tots van obrir molt els ulls, però Daishan no ho entenia: de quina estrofa, de quin buscador, de quin príncep parlava Gunnar?

–I si Robí Blau i el Príncep sense Nom...

–...fossin la mateixa persona? –va dir Kalea, completant el pensament d'Armal.

–És una possibilitat. Samah, tu que el vas conèixer, li vas veure maldat, als ulls? –va preguntar Gunnar.

Samah va recordar el rostre de Robí Blau i el lleu vertigen que li provocaven els seus ulls de color de mar.

–No, semblaven sincers... –Després es va bloquejar:– Gunnar, hauries de veure una cosa.

Es va aixecar d'un bot i va córrer cap al segon pis, seguida del Príncep dels Gels. Darrere seu, van sentir com Daishan suplicava a Armal que li donés més explicacions per poder treure l'entrellat d'aquella història tan estranya.

Era molt tard i a Samah li sabia greu molestar Dasín, però era necessari. Gunnar encara no havia vist el tapís amb l'home del turbant daurat, el que la teixidora havia fet abans de la seva arribada.

La princesa va trucar fluixet a la porta de la teixidora.

–Dasín... Sóc jo, Samah. Que puc entrar?

–És clar, princesa. Estic desperta.

La dona estava asseguda al llit.

A la tauleta del costat hi havia coberts, una espelma encesa i un àpat encara intacte, curosament disposat en una safata de palla trenada. Hi havia arròs, crema de cigrons i fruita.

–Que no et trobes bé? No has tocat el menjar...

Dasín va somriure:

–He sabut que Daishan ha tornat sana i estàlvia. I l'emoció m'ha fet perdre la gana.

–Ets tan bona!

–A què dec la vostra visita?

–M'acompanya Gunnar. Vull que vegi la tela que vas teixir.

–La de l'home del turbant?

–Sí, aquesta.

–Agafeu-la, és a la cistella que hi ha al costat del teler –va dir Dasín, assenyalant un cistell molt gros de palla fosca que hi havia en un racó.

Samah va encendre una altra espelma, va buscar el tapís i el va il·luminar perquè Gunnar el pogués veure.

–Què hi dius? Podria ser ell?

A Gunnar no li va fer falta mirar gaire estona l'home

del turbant daurat per reconèixer els ulls penetrants del Príncep sense Nom.

–És ell. Reconeixeria aquesta mirada entre mil.

Samah va donar les gràcies a Dasín i va sortir de l'estança, seguida de Gunnar. Després, a les escales, va respirar fondo i li va dir:

–T'he d'explicar el que he descobert del Príncep Malvat a l'Acadèmia del Regne del Desert...

35
Al palau adormit

L'home estava assegut en un escriptori ple fins dalt d'uns volums enormes amuntegats els uns damunt dels altres. El seu estudi estava immers en la penombra gràcies a unes cortines molt gruixudes. Encara que les hagués retirat dels grans finestrals que donaven a un mar infinit, només hi hauria entrat la poca llum que deixava filtrar el cel gris.

Una capa de pols molt espessa s'havia posat damunt dels objectes que omplien aquella estança: els dos divans, les butaques, l'antic piano de cua... Les prestatgeries que cobrien les parets eren plenes de llibres fins al sostre... i el sostre era altíssim.

El terra, l'amagaven unes catifes molt amples que representaven escenes de caça i de guerra. Hi havia un ventall caigut a terra, aneu a saber des de quan.

L'aire no feia olor i era dens com un líquid; semblava que el mobiliari s'hi asfixiés, allà dins.

Tot estava en silenci. No ressonava cap veu ni cridòria pels passadissos. No s'hi sentia música, ni soroll, ni passos. Ja no.

Tot es va aturar un dia molt llunyà, quan aquella estança i el palau on es trobava eren plens de vida. Des de llavors tot s'havia adormit amb l'esperança que algú, d'alguna manera, ho desvetllés.

I, per força, qui ho havia de fer era el Príncep sense Nom, l'home que seia a l'escriptori.

No tenia nom des que el seu enemic acèrrim, el Rei Savi, li havia pres tot el que tenia i havia fet caure en un son profund tota la cort del seu pare, el Vell Rei. D'aquesta manera s'havia decretat la fi de la seva infància i també l'inici d'una època de turments que només es podria acabar quan es restablís l'ordre perdut.

Desitjava la venjança. Hi somiava de nit, hi pensava de dia. Una revenja definitiva, que el convertiria en el nou sobirà del Gran Regne.

I ara tenia una altra carta per jugar que l'acostava encara més al seu objectiu.

Es va aixecar i va sortir de l'estança. Va recórrer un passadís llarg i estret amb les parets folrades amb una tapisseria de color verd fosc atapeïda de retrats d'uns personatges austers. Es va aturar davant d'una porta tancada; d'una butxaca de la jaqueta, en va treure una clau, la va ficar al pany i va obrir.

En aquella estança en què regnava la penombra, s'hi distingia la silueta d'una persona asseguda en un divan.

El Príncep s'hi va acostar en silenci i va observar aquella figura tan prima i immòbil que semblava una estàtua.

–Espero que hagis reflexionat –va dir el Príncep.

Cap resposta.

El Príncep va fer una rialla espantosa.

–Tu faràs. Però, a mesura que passi el temps, benvolgut guaridor, comprendràs que no tens cap altra alternativa. Quan et decideixis a revelar-me els teus secrets, seré l'home més poderós dels Cinc Regnes.

–El teu somni no es realitzarà –va respondre la veu d'un ancià–. Ets cruel i menyspreable. No t'ajudaré a portar a terme els teus malvats propòsits.

–Ja en parlarem, ja en parlarem –va dir el Príncep, rient. Després va sortir de l'estança i va tancar la porta darrere seu.

»Ja en parlarem... –va repetir, fent ressonar la seva veu al llarg del passadís, com si esperés que els retrats dels seus avantpassats li responguessin.

Novament a l'estudi, va tornar a repassar el pla.

Per fer-lo realitat, s'havia d'apoderar de les cinc estrofes que componien la Cançó de la Son, amb què esperava desvetllar el palau i la seva cort.

Va obrir un calaix de l'escriptori i en va treure dues làmines de plata molt fines on hi havia gravades unes paraules.

Va llegir la primera amb molta atenció, en veu alta:

Rei del son pregon,
sobirà de la quietud del món.

Esperit d'aigua i sal,
jo t'invoco, Rei del mar abissal.

Condemna al repòs etern el tirà
que al Gran Regne greu dany causà.

Era l'estrofa de Kalea. Després, va llegir la de Samah, que havia robat gràcies a la ingènua de la seva cosina.

Reina del son pregon,
tutora de la quietud del món.

Esperit de sorra i vent,
amb joia espero el teu adveniment

Condemna al repòs etern el tirà
que al Gran Regne greu dany causà.

–Un joc de criatures! –va comentar en veu alta.

Va pensar en l'encanteri que havia descobert per donar ordres al coleòpter de color cobalt, mitjançant el vent. «Genial, de debò», va pensar, «tant com la idea d'enviar un simple buscador a Rocadocre per recollir la làmina». Havia estat molt fàcil fer-li seguir la pista bona i tenir-lo a prop del coleòpter per poder hipnotitzar-lo perquè arrabassés la làmina a la cosina de Samah.

Ben aviat les altres estrofes també estarien a les seves mans. Encara havia de visitar dues princeses més i, després, tenia un compte pendent amb Nives, la Princesa dels Gels.

Va fer una ganyota només de pensar-hi.

Les dues últimes estrofes, les custodiaven Iara, la Princesa dels Boscos, i Diamant, la Princesa de la Terra Profunda.

Quina aniria a veure primer?

Damunt la taula, al costat d'una pila de volums gruixuts, hi havia una moneda amb el rostre del seu pare gravat en una cara. En l'altra hi havia un símbol prou eloqüent: una espasa. Aquella moneda ja no estava en vigor als Cinc Regnes, ni tampoc cap altra cosa que recordés el Vell Rei.

El Príncep va sacsejar el cap, després va agafar la moneda i la va fer girar sense deixar d'observar-la.

Després, la va llançar a l'aire i la va empresonar entre el palmell d'una mà i el dors de l'altra.

Va triar cara per a una princesa i espasa per a l'altra, i després va mirar el resultat.

Havia sortit cara.

La decisió estava presa: la moneda havia decidit quina princesa aniria a veure en el seu proper viatge.

Va agafar un llibre molt pesant de la pila que tenia al davant i es va posar a fullejar-ne unes pàgines plenes de dibuixos i fórmules màgiques.

–Aquest! És l'encanteri que em convé!

I llavors, amb el cap inclinat sobre el llibre, va començar a entonar monòtonament una lletania estranya.

36

De viatge

Per damunt de la terrassa del palau de Rocadocre, la lluna ja feia molta estona que havia sortit i el cel començava a desvelar unes clarors que anunciaven l'alba. Kalea, Samah i Gunnar s'havien passat la nit reconstruint els moviments del Príncep sense Nom en els seus tres regnes.

–Hem de marxar al més aviat possible –va concloure Gunnar.

Tots tres estaven molt cansats, però la preocupació per les altres princeses els esperonava a no perdre temps.

–Però... on anem? –va preguntar Kalea.

–A veure Iara. No hi ha gaire elecció, malauradament –va dir Samah.

–I si el Príncep ataca Diamant?

–Aquest regne està connectat amb el Regne dels Boscos, Kalea. El Regne de la Terra Profunda, en canvi, només és accessible des d'Arcàndida, des del Fossat Enfervorit –li va explicar Samah, que, com a primogènita, coneixia perfectament la distribució dels passatges secrets.

El Príncep dels Gels estava molt sorprès.

–Com dius? Pel fossat s'arriba a un altre regne?

–Sí, Gunnar. Per què? Que l'ha fet servir algú, aquell passatge?

–Voluntàriament, no. Però Calengol, enemic jurat de la princesa Nives i del Regne dels Gels, hi va caure. Més ben dit, l'hi va tirar el Príncep sense Nom, que se'n volia desempallegar.

–És a dir que ara hi tenim un enemic, al regne de Diamant... –va dir Kalea, alarmada.

–És més que probable que no sobrevisqués a la caiguda –va afirmar Gunnar.

–Però, i si es va salvar? La nostra germana correria un perill doble!

–No passis ànsia, Kalea. No li passarà res de dolent, a Diamant: no ho permetrem –li va dir Samah, per tranquil·litzar-la.

De viatge

Gunnar es va aixecar i va contemplar el sol, que ja havia sortit i tenyia les dunes amb mil matisos de colors. Va entretancar les parpelles i es va deixar envair per una escalfor agradable i l'aire vigoritzant del matí, que portava la flaire de les flors del jardí.

Hauria estat un moment encisador si no hagués estat pels problemes i els perills a què s'havien d'enfrontar.

–Jo crec que ens hauríem de dividir per poder advertir les vostres germanes més ràpidament –va afirmar Gunnar després d'un silenci llarg.

–Que ens dividim?

–Sí, Kalea. Tindrem més possibilitats, tenint en compte que ni la princesa Iara ni la princesa Diamant estan al corrent del pla malèfic del Príncep sense Nom. Fins ara, ho ha tingut molt fàcil perquè ningú no us havia posat en guàrdia.

–Hi estic d'acord –va dir Samah–. Anirem tots junts al Regne dels Boscos i, un cop allà, jo buscaré Iara i l'advertiré del perill;

vosaltres dos anireu al llac on es troba el passatge secret que porta a Arcàndida i anireu a parlar amb Nives.

»Podria ser que ella també necessités ajuda. I, després, us capbussareu al Fossat Bullent per alertar Diamant.

–Si és l'única solució... –Kalea, a contracor, s'hi va avenir.

–N'estic convençuda –va respondre Samah–. Hi estàs d'acord, Gunnar?

–Em sembla un pla excel·lent –va dir el jove, sorprès pel sentit pràctic de Samah–. I ara ens hauríem de desitjar una bona nit si no fos perquè... ja som al matí!

37

Un comiat difícil

Samah, Kalea i Gunnar ja estaven a punt per marxar. Però faltava la part més difícil: el comiat.

–Jo vaig deixar una carta –va dir Kalea a Samah–. Sabia que em faria patir massa separar-me de Naehu, Purotu i de... tota la cort, per això em vaig estimar més escriure'ls.

–Et comprenc. Però aquí ja hi estem tots implicats, en aquesta història; per tant, és important que els expliquem què estem a punt de fer, perquè es puguin enfrontar al perill... Però no els en donarem gaires detalls: ja hem pogut comprovar que el Príncep Malvat sap extreure la informació que necessita –va respondre la princesa Samah.

–Hi estic d'acord, Samah: és el millor que podem fer –va dir Gunnar.

~*~

A l'Avi, Armal i Daishan, els havien demanat que es presentessin a la Sala de la Volta Celeste. No sabien exactament de què els volia parlar Samah, però, per la seva expressió seriosa, intuïen que la qüestió era força important.

–Me n'he d'anar –va dir la princesa–. Pel bé de tots nosaltres. Kalea i Gunnar també vindran amb mi.

–On anireu? –va preguntar Daishan, ja curada.

–Al Regne dels Boscos.

–Deixa'm venir amb tu, cosina, sisplau –li va suplicar Armal, que se sentia inútil si no feia res.

–No. Ens ajudaràs més si et quedes aquí a defensar la cort.

–De qui? El Príncep sense Nom ja té el que volia d'aquest regne!

Samah, que no podia sofrir les males maneres, va estar a punt de dir-li que moderés el seu to, però el Príncep dels Gels se li va avançar.

–No se sap mai, amb ell –va afirmar Gunnar–. Aquí, s'hi ha de quedar un home valent i fort.

»A més, hem d'aconseguir la llista dels benefactors de l'Acadèmia. Potser ens servirà per esbrinar alguna cosa del Príncep sense Nom i, per una vegada, ens hi anticiparem. Ho podràs fer?

–Sí, és clar. Me n'ocuparé de seguida –va replicar Armal.

Daishan estava preocupada:

–Com ens ho farem sense tu, Samah?

–Us en sortireu molt bé, n'estic segura.

–Estarem bé, no et preocupis –va dir l'Avi, per animar-la–. Fes un petó a les teves germanes de part meva.

Samah el va mirar, sorpresa. El savi Amar ho havia entès tot, com sempre. Sabia que passaria molt de temps abans no es tornarien a veure i que ella tenia la intenció de seguir el camí fins al Regne de la Terra Profunda.

El va abraçar, commoguda.

–Et trobaré a faltar, Avi. Us trobaré a faltar a tots. Ara, hem de marxar.

Samah va sortir de la sala seguida de Kalea i Gunnar, i tots tres van baixar al pati. Samah va fer una última mirada als seus familiars, que s'havien abocat a les finestres i la miraven, somrients.

Després es va dirigir al jardí, amb el cor una mica més lleuger.

38

El passatge secret

El jardí de Rocadocre era un autèntic mirall de verdor, aquell matí. Flors de colors llampants s'havien obert pertot arreu: a les branques dels arbres, als arbustos, a l'herba. Els presseguers estaven plens de fruits grossos i perfumats.

Samah en va agafar tres, i després va dir:

–Un últim préssec com a record d'aquest regne i d'aquesta terra.

–És deliciós! –va exclamar Kalea, a la primera mossegada–. Gairebé no recordava el sabor que tenia.

Gunnar també l'havia apreciat: se l'havia cruspit amb quatre queixalades.

–Ja ens en podem anar –va dir Samah.

–On és el passatge?

–Just davant teu, germaneta.

Samah li va indicar el gran baobab del tronc vermell.

La Princesa dels Coralls semblava una mica insegura.

–Dins d'aquest arbre?

–No és un arbre qualsevol: és un baobab i l'interior del tronc és buit.

–De debò?

–Sí. Per poder contenir una gran reserva d'aigua i resistir les èpoques de sequera.

Tots tres es van acostar al tronc vermell. Era enorme, amb unes branques nuoses i massisses; a primera vista, semblava que calien tres persones per abraçar-lo.

–Seguiu-me –va dir Samah. Es va acostar a una esquerda que hi havia a l'escorça i hi va posar una mà. En tocar-la, l'esquerda es va obrir lentament fins a formar un pas prou ample.

Gunnar i Kalea ho contemplaven, admirats.

–Au, va, entrem-hi! –els va encoratjar Samah.

D'un en un, van entrar dins del baobab. L'interior era fosc i s'hi sentia una olor molt forta de terra recremada pel sol. Al cap d'uns instants es va obrir una segona esquerda davant seu i tots tres la van travessar ràpidament.

El passatge secret

Van anar a parar a un lloc fosc, però ja no semblava l'interior d'un baobab, sinó...

–Una gruta! –va exclamar Kalea.

–Jo diria que sí –va confirmar Gunnar, que inspeccionava aquell indret palpant les parets de roca–. Jo aniré al davant –els va proposar, per prudència.

Quan van arribar a la sortida de la galeria es van quedar gairebé enlluernats per l'esclat de verdor.

Eren al bell mig d'una selva exuberant, entre arbres altíssims, roques totes recobertes de molsa i plantes amb unes fulles enormes.

Al seu voltant, hi ressonaven xiscles d'animals de tota mena, la majoria d'ells d'espècies completament desconegudes per als tres viatgers que acabaven de sortir de la gruta.

No hi havia senders ni vies visibles. La selva era un garbuix enorme d'arbres i fulles, i, en alguns llocs, les fulles i les branques entortolligades fins i tot impedien veure el cel!

–Quina meravella! –va exclamar Kalea, entusiasmada, i es va inclinar per tocar una fulla lluent i carnosa.

–Som-hi! Hem de buscar el palau de Iara –va dir Samah, tan pràctica com sempre.

Em aquell precís moment, de les profunditats de la vegetació es va sentir un grunyit inquietant, que els va sobresaltar a tots tres.

Gunnar va dreçar les orelles.

Silenci.

Uns instants després, van tornar a sentir el grunyit amenaçador, més a prop.

–Poseu-vos darrere meu –va xiuxiuejar Gunnar.

Al cap d'un instant, davant del Príncep dels Gels Eterns va aparèixer un goril·la gegantí... que no feia cara de ser gaire amistós!

L'animal va fer un tercer grunyit, encara més amenaçador. Probablement li havien envaït el territori i havia anat a demostrar-los qui hi manava.

A Gunnar li hauria agradat tornar a ser un gran llop blanc en aquell moment, però ara era un home, sense ullals ni urpes. I no tenia cap sentit lamentar-se'n. L'enginy i l'experiència eren les úniques armes que tenia per sortir d'aquell mal pas.

–Quedeu-vos ben quietes, immòbils –va ordenar a les princeses–. Jo m'hi enfrontaré.

En sentir aquestes paraules, Samah i Kalea van empallidir, mentre Gunnar, amb cautela, feia un pas en direcció a l'enorme goril·la.

Sens dubte, ara us preguntareu què va passar entre Gunnar i el goril·la, i qui de tots dos en va sortir més ben parat. Però les històries no sempre són de vencedors i vençuts; de vegades, les coses són d'una altra manera, ben diferent...

Però no us vull avançar res.

I, a més, deveu estar cansats després d'aquest viatge tan llarg pel Regne del Desert. Per cert, se us ha ficat algun granet de sorra als ulls? Ja us vaig dir que us poséssiu un xal...

Espero que us hagi agradat passar uns quants dies al multicolor palau reial de Rocadocre. La Sala de la Volta Celeste era meravellosa, oi que sí?

També hi havia un detallet que hauríeu d'haver notat. Us en dono una pista: és a l'estança de Samah... Ho heu endevinat? Sí, és la catifa! És molt semblant a la de Nives. Com és això? Si teniu paciència, us ho explicaré ben aviat. Paraula!

També hem deixat una altra cosa pendent a Rocadocre: la història de Daishan... Com acaba? Arribarà a bon port, l'amor de la noia? Ho haureu de preguntar a Samah, perquè tinc la sensació que vol tenir la seva cosineta vigilada de prop durant un quant temps!

Però tornem a la selva on es troben els nostres amics. En un indret indefinit més enllà dels arbres hi ha una clariana amb un petit llac d'aigua cristal·lina. Allà, us podreu refrescar, sí, però resulta que aquest llac també amaga el passatge secret que porta al Regne dels Gels Eterns. I, per arribar-hi, Kalea, Samah i Gunnar s'hauran d'enfrontar al goril·la...

Quedeu-vos amb ells: la unió fa la força!

Això, ho saben de sobres els protagonistes de la nostra història. Sí: dic «nostra», perquè ja no és solament meva, sinó que és, sobretot, vostra. M'heu seguit fins aquí i heu participat en les aventures dels nostres personatges. Per tant, Nives, Samah, Kalea, Gunnar i tots els altres que heu conegut s'han convertit en amics vostres.

Pel que fa al Príncep sense Nom, hem d'estar alerta. La seva set de venjança és tan pregona que sembla que no el podrà aturar res. El seu únic objectiu és reunir les estrofes de la Cançó de la Son i ara mateix ja està tramant uns paranys espantosos per entabanar la pròxima princesa que anirà a veure.

Als Cinc Regnes, s'hi respira un aire de guerra. Sentiu un soroll en la llunyania? Sembla que s'estigui lliurant una batalla darrere del goril·la. Que potser corren perill Iara i la seva cort?

Ho descobrirem continuant el nostre viatge al Regne dels Boscos.

Ai, me n'oblidava: si sabeu xiular, feu-ho de seguida.

És la millor manera de demanar ajuda!

Tea Stilton

Índex

Índex

Gran Regne
Fortalesa dels Reis
Roca de la Son
Illa Errant
REGNE DELS BOSCOS
REGNE DE LA TERRA PROFUNDA